明日へつながる５つの物語

あさのあつこ

角川文庫
22862

目次

この手に抱きしめて

ふっと、目が覚める。

枕元の時計で時刻を確かめる。

午前四時二十一分。まだ、夜は明けていない。カーテンの向こうは、夜が広がっているだろう。

雄一《ゆういち》は起き上がり、軽く腕を回してみた。隣で、妻の奈津子《なつこ》が規則正しい寝息をたてている。

足音を忍ばせ、ベランダに出る。もう眠れないのはわかっていた。一週間に一度か二度、こんな夜があるのだ。ふっと覚めた目が妙にさえ、そのまま、眠れなくなる。そういうとき、布団の中でむりやり目を閉じているより、思い切って起きた方が気分がいい。ただし、あまりうろうろ動き回っていると奈津子に気づかれる。

「お父さん、どうしたの。眠れないの？」と背後から声を掛けられたことが二度ばかり、ある。振り向くと、普段は陽気で笑い上戸の奈津子が、やけに強張《こわば》った顔つきで立っていた。あれはもう半年以上前になる。雄一の前立腺《ぜんりつせん》にがんが見つかって間もなく、季節は冬のとば口に差し掛かろうとしていた。

数か月間、尿が出にくくて妙な残尿感が続いていた。頻尿ぎみでもあった。

これは、もしかしたら、前立腺肥大症じゃないか。

五年前に亡くなった父も、父の兄にあたる伯父《おじ》も前立腺肥大症で入院し、レーザーによる手術を受けていた。二人とも五十代半ば、今の雄一とほぼ同じ年のころだったはずだ。

「浮気性の男が罹《かか》る病気なんですってよ」

伯母《おば》はそう言ってくすくす笑った後、眼を少し眇《すが》めて伯父を見た。白い壁の病室に伯母のくすくす笑いが響き、伯父は曖昧《あいまい》な笑みを浮かべて黙っていた。

それが見舞いに行った時の記憶の断片だ。

生真面目で寡黙な父と兄弟とは信じ難いほど、伯父は社交的で明朗で、極めて人好きのする性格だった。不動産業で成功し、父も母も地方公務員だった雄一の家とは暮らしのレベルがまるで違う。子どものころから、こんな父親だったらどんなに楽しいだろうと、伯父の家族が羨《うらや》ましくてならなかった。

伯父が数人の女性と関係を持ち、伯母との間には修復不可能なほどの亀裂《きれつ》が走っていたと雄一が知ったのは、それから数年後、伯父の葬儀の後だった。

伯父の息子、従兄弟《いとこ》の翔太《しょうた》から聞いた。

「おれ、ずっと雄一んとこが羨ましかったよ」

骨揚げを待ちながら控室に座っていた時、隣にいた翔太がぼそっと呟《つぶや》いたのだ。ほとんど独り言に近い籠《こも》った声は、しかし、雄一の耳にちゃんと届いてきた。

「え、おれの家が？　まさか」

「何でまさかなんだ」

「だって、おれん家《ち》なんか金もないし、地味に暮らしているだけの、ごく平凡な家じゃないかよ。親父やお袋には申し訳ないけど、面白みのないことこの上なしってやつさ。そこいくと翔太のところは華やかだったよなあ。海外旅行とか年に二、三回は行ってたし、家はでっかいし、羨むのはこっちだぜ」

当時、雄一はまだ三十歳にもなっていなかった。地道に生きるだけの一生を疎んじ、もっと華やかな、甲斐《かい》のある人生を送りたいと本気で願っていた。

「そういうの違うよ、雄一。地味で平凡な暮らしをちゃんと守っていくのって、すごいことなんだぞ。おれの家はひどかったからさ」

翔太が息を吐き出す。

「父親は好き勝手にやって家にはほとんど寄り付かなかったし、母親も意地なのかどうか絶対に離婚してやらないと言い張っていて、顔を合わせりゃあ罵《ののし》り合ってばかりでな。今日だってさすがに喪服は着ているけど、親父を悼む気にはなれないと言っていた。それは、おれも同じようなもんなんだがな」

苦笑いする翔太にどう返事すればいいのか戸惑い、雄一は辛うじて一言、

「……そうなんだ。知らなかった」

とだけ、口にした。我ながら稚拙な、間の抜けた返答だと頰が熱くなる。

「知らなくて当たり前さ。他人の前じゃ円満な夫婦を演じてたんだから。無責任な父親が一番悪いけど、母親も似たり寄ったりさ。世間体を気にして、いい妻の振りをずっと通してきたんだからさ。悪《わり》ぃな。変に愚痴っちゃって。火葬の最中《さなか》に息子に悪口言われてるんだ、成仏できないかもな」

ははと力なく笑った後、不意に真顔になり翔太は告げた。

「雄一、おれ、たぶん結婚しないと思う」

「え……」

「あんな風に壊れた夫婦見て大きくなったんだ、結婚なんか怖くてできないさ。というか、家族なんて考えただけでうんざりしちまう」

その言葉通り、翔太は五十代の今に至るまで独り身を通している。もっとも、ここ

数年は年賀状のやりとりだけの関係になっていて、どんな暮らしをしているのかほとんど窺《うかが》い知れないのだが。

ずっと忘れていた。父はともかく、伯父や伯母や従兄弟のことは記憶の底に沈み込み、思い出すことはほぼなくなっていたのだ。

身体の不調を覚えて、やっと思い出すなんて皮肉なものだ。

つい、苦笑いしてしまう。

そうだ、久しぶりに翔太に連絡してみようか。おれ、親父や伯父さんと同じ病気に罹ったみたいなんだ。そっちは大丈夫か。元気にやってるのか、と。

翌週、付いていくという奈津子の申し出を「子どもじゃあるまいし、付き添いなんか必要ない。一人で行けるさ」と一笑に付し、病院に向かった。

もしやという不安が一分もなかったわけではない。しかし、がんを告知された瞬間「まさか」と叫んでいた。俄《にわ》かには受け入れ難かったのだ。

驚き、慌て、いささか取り乱した。眠れない夜が続きもした。浅い眠りの中で恐ろしげな夢を見たりもした。

手術を受け、半年が過ぎてずいぶんと落ち着いた。月に一度、術後の検査を受けるために病院に通う。それを除けば、がんを告知される前とほとんど変わらない日々を送っていた。

　中堅どころの食品メーカーの管理職、二人の娘の父親、三歳と一歳の女の子の祖父、高台の住宅街の一画にそこそこの構えの家を持ち、定年後は趣味のカメラや山歩きなどを楽しみたいと考えている。この国のどこにでもいるような、ごく普通の、平凡な男に似合った暮らしだ。そんな自分が、そんな暮らしがどこか飽き足りなくて、焦燥に近い思いを抱いたことがあった。もっと違う生き方を、もっと刺激的な非凡な人生を選べたんじゃないかと空を見上げたことが、何度かある。若い頃の熱量の高い焦燥とは異質の、どこかもの悲しい諦念《ていねん》に似た感覚だった。しかし、今は愛《いと》しい。普通で平凡でささやかな日々が愛しくてたまらない。

　雄一はベランダの手すりにもたれ、辺りを見回す。夜風はまだ冷たい。春が長《た》けるのはこれからだ。週末は、隣県の桜の名所に花見に出かける予定だった。温泉地に一泊し、盛りの花を見て回る。

　妻の奈津子に長女の優子《ゆうこ》一家、それに次女の結美子《ゆみこ》。雄一を入れて総勢七人の小さな旅だ。以前なら少し億劫《おっくう》にも感じただろう賑《にぎ》やかな集いが、楽しみでならない。家族とともに笑っていられること、朝の光の中で「おはよう」と挨拶《あいさつ》できること、食事を美味《うま》いと感じられること、みんなで花見に出かけられること……全てが愛しい、ありがたい。手にしている幸せがどれ程のものか、やっと気づいた心持ちがする。おれは幸せ者だとつくづく感じ入るのだ。

地味で平凡な暮らしをちゃんと守っていくのって、すごいことなんだぞ。

翔太の一言がよみがえって、心に染みた。

ほんとだな、翔太。ほんとに、そうだ。

何度も頷《うなず》く。伯父の葬儀のさいには半ば解せなかった言葉の意味が、今はよく理解できる。それなのに、いや、だからこそ、時折胸が疼《うず》く。不安がせり上がってきて息を詰まらせる。幸せに気がついたからこそ心が揺れてしまう。

もう半年も過ぎた。いや、まだ半年しか経っていない。幸い、手術は成功した。今のところ転移の兆候はない。

と、先月の検診では医者から告げられていた。

「これまでのところ問題はありませんよ。順調です」

だからといって無理は禁物です。暴飲暴食はむろん偏食も直して、バランスのいい食生活を心がけてください。ストレスも大敵です。仕事の量はセーブできていますか。

お付き合いはほどほどに。就寝時間の確保とほどほどの軽い運動が……。

医者の忠告に相槌《あいづち》を打ちながら、安堵《あんど》の吐息を漏らした。

この幸せがずっと続くんだろうか。おれの中のがんが突如、暴れ出すことはないんだろうか。この先転移しないという保証はない。薬の効果の低下はどうなんだ。

そんな思いが頭をもたげる度に、雄一は自分を叱りつけた。今もそうだ。心細さと不安と僅《わず》かな恐怖に震える自身を叱咤《しった》する。

しっかりしろ。そんな弱気でどうする。がんばれ。がんばるんだ。

いつもいつも、そんな感情に苛《さいな》まれているわけではない。以前とほとんど変わりなく暮らしていると、がんの存在を忘れていることさえある。現代医学に、治療薬に技術に感嘆と感謝の念を抱き、心強くなりもする。絶対に大丈夫だと自信がわいてくるのだ。そのくせ、こんな風に、目が覚め眠れなくなり、あれこれ思いあぐねる夜が訪れもする。「大丈夫。大丈夫」「いや、でも万が一……」二つの感情の狭間《はざま》で心は揺れ動き続けているのだ。

おれって、案外、弱いな。

自嘲《じちょう》気味に呟いたとき、夜風の音に混じって若い声が耳奥に響いた。

「お父さんって、強がってばっかりじゃない」

次女の結美子のものだった。

ちょうど十年前になる。結美子はまだ、高校生だった。何が原因のいさかいか忘れてしまったが、結美子の表情や口調がひどく尖《とが》っていたことだけは、はっきりと覚えている。

「お父さん、弱いところとか駄目なところとか、絶対に出さないよね。いつもいつも、強い振りをしようとする。そういうとこ、嫌い」

「馬鹿もの。男が強がらないでどうする」

「それってただの虚勢でしょ。かえって、みっともないよ」

「なんだと。親に向かってその言い草はなんだ！」

そんな言い争いの言葉も覚えている。思い出す度にため息が出た。

長女の優子はその名前の通り素直でおとなしく優しい性質だ。一方、結美子は勝気で嫌なものは嫌と、はっきりした物言いをする娘だった。どちらが良い悪いと言い切れないが、結美子が長じるにつれぶつかることが多くなった。仕事の忙しさにかまけて、幼いころほとんど遊んでやれなかった、きちんと接しようとしなかったツケが回ってきたのかと己を省みたりもしたが、結美子との間にできた溝はなかなか埋まらない。結美子が二十代に入り、社会人となり、昔のように真正面からぶつかることはさすがになくなった。しかし、結美子の言動にどことなくよそよそしさを感じることはある。

「そんなの、あなたの思い過ごしよ。考え過ぎ」

奈津子にそれとなく話したら、すぐさま一笑に付された。

「結美子は小ちゃいときからお父さん子だったじゃないの。ほら、覚えてる？　結美子が字を覚えたてのころ、画用紙いっぱいにあなたの似顔絵を描いて、その下に緑のクレヨンで『ぱぱ　たいすき』って」

「あ……そうだったな。『だいすき』が『たいすき』になってた」

あの画用紙、まだ持っている。ファイルの中にそっとしまい込んでいた。雄一は顔を上げ、白んでいく東の空を眺める。春の空だった。この春が終わるころ、結美子はウェディングドレスを身に纏《まと》う。

甘い香りがする。桜の香りだ。

桜の名所として名高い城跡や湖水の周りだけでなく、雄一たちが泊まった旅館の庭にも見事な桜の大樹があり、八分咲きとなっていた。花姿もさることながら、仄《ほの》かに漂う芳香をすばらしいと、雄一は思う。風呂《ふろ》帰りに、桜の香りに誘われて庭に降りたってみた。大樹の下に佇《たたず》むと、香りは僅かに濃くなる。見上げると、暮れ初む空に白い花々が浮き上がっている。真昼の光に照らされた桜とは趣の違う美しさ、妖《あや》しさを秘めた美しさだった。見惚《みと》れてしまう。

　そうか、生きているとはこういうことか。

　雄一はふっと泣きそうになった。

　生きるとは美しいものに出会えることだ。咲き誇る花に、控えめで清楚《せいそ》な香りに、澄んだ空に、人の思いやりに、かけがえのない日々に気がつくということだ。気がついた自分を誇らしく思えることだ。

「お父さん」

　呼ばれ、振り向く。結美子が立っていた。やはり風呂の帰りなのか、浴衣《ゆかた》を着て、頬をほんのり赤らめている。ショートボブの髪も心持ち湿っているようだ。

「桜を見てるの」

「ああ、あんまり綺麗《きれい》だから、ついつい……な」

「よく似合ってたよ。桜の樹の下のお父さん、ちょっと恰好《かっこう》いい」

「馬鹿。親をからかうな。こんな爺《じい》さん、恰好いいわけないだろ」

　結美子は真顔のままゆっくりと、かぶりを振った。いかにも意志的な大きな眸《ひとみ》が父親を見据えている。

「ううん、恰好いいよ。お父さん、あたし、やっとわかったんだ」

「うん？ なにをだ？」

「お父さんが本当に強い人なんだってこと」

「は？ 結美子、急になにを言い出すんだ」

「お父さん、いつも明るいじゃない。よく笑うし、よくしゃべるし」

結美子は雄一を見詰め、微《かす》かな笑みを浮かべた。

「あたし、お父さんが病気のこと気にしていないんだと思ってた。でも、でも、お母さんが教えてくれたの。お父さん、夜に一人、ベランダで考え込んでるって。不安や恐怖と必死に闘っているんだよ。それを家族に悟られまいとがんばってるんだよって、言われて……」

雄一は息を呑《の》み込んだ。奈津子はちゃんと知っていたのだ。

「お父さんみたいな強い人、いないよね」

「それは買い被《かぶ》りだ。おれは必死で闘ってなんかないさ。前立腺《ぜんりつせん》がんなんか、どうってことないんだし。今はすばらしい治療方法も薬もある。痛くも苦しくもない。うん、本当にどうってことないな」

「あっ、それは強がりだ。お父さんの悪い癖」

言葉に詰まる。確かに、強がりだ。どんなときも弱みを見せず、気丈に振舞う。それを美徳だと信じてきた。しかし、中身のない強がりに過ぎなかったかもしれない。自分が何を手にしているのか。自分がどれほど弱いのか。自分が何を愛してきたのか。自分が本当に大切にしてきたものは何なのか。考え続けてきた。病を得なければ、考えないまま過ぎていただろう。

「結美子」

「うん？」

「すまなかったな」

「え、何よ、急に。何で謝ったりするの」

「結婚式のことだ。どうしても式を挙げろと言い張ってしまって……」

結美子の相手は、サラリーマンからパン職人に転職し、去年の暮に念願だったパン屋を開業したばかりの青年だった。

全財産を開業資金に注ぎ込みました。今、結婚式を挙げる余裕はありません。店が軌道に乗ったら、式のことは改めて考えたいと思います。申し訳ありません。

そう、頭を下げられた。

「今どきの結婚ですものね。式を挙げないってこともあるでしょう。いいんじゃない」

奈津子はあっさり同意したが、雄一は受け入れかねた。

「式というのは、ケジメだ。結婚して、これから二人で生きていくことを世間に報《しら》せる。そういうものだろう。そこを飛ばしてどうするんだ」

「世間て何よ。お父さんが、世間体を気にしてるだけじゃない。当事者のあたしたち二人が式は挙げないって決めたんだからそれでいいでしょ」

「そんなわけにいくか」

「もう、石頭の見栄《みえ》っ張りなんだから」

久々に親子の口論になってしまった。結局、店の運営が安定したころ身内だけのささやかな式を執り行う。入籍は式の日取りが決まってからということで落着した。そのせいで、一年ばかり二人の結婚は伸びてしまったのだ。

式などに固執しなければよかったと、雄一は後悔している。青年も結美子も社会人として生きている。誰に頼ることもなく、自分たちの生活を築き上げている。

それで十分だと認めてやれなかった狭量が、恥ずかしい。

浴衣姿の結美子がくすっと笑った。

「さっき、お風呂の中で母さんに言われたんだ」

そこで、また、口元を綻《ほころ》ばせる。

「『お父さんはどうしても、あんたの花嫁姿が見たかったのよ。あんたとバージンロードを歩きたかったの。それだけよ。世間体や見栄で式を挙げろって言ったんじゃないのよ。そこのところだけは誤解しないであげてよ』だって」

顎《あご》を引き、息を詰める。

見抜かれていた。

「……女房、恐るべしだな」

吐き出した息と一緒に、ほろりと本音が漏れた。

「ほんとほんと、ちょっと見直しちゃった。お父さん、完全に負けてるよ」

「ああ、負けてる。器が違うな」

「うわっ、素直に認めちゃうの」

「うん、認める。おれじゃ相手にならんよ。おまえも母さんみたいな大物になれよ」

結美子が微笑む。艶《あで》やかな笑顔だった。雄一も笑おうとしたとき、結美子が抱きついてきた。不意をつかれ、よろめく。背中が桜の幹に当たった。足が滑る。とっさに、娘の身体を抱きかかえていた。

「お父さん、大好き。小さいころから大好きだったんだよ。でも、ごめんなさい。恥ずかしくて、ちゃんと言えなかった」

「結美子……」

「強がりで、でも、本当に強いお父さんが大好き」

ぱぱ　たいすき。緑色の文字が浮かぶ。ぱぱ　たいすき。

ああ、きっと泣いてしまうなあ。雄一は唇を嚙《か》みしめた。

結美子の結婚式、花嫁姿を目にしたとき、バージンロードを歩くとき、花婿に花嫁を託すとき、きっと泣いてしまう。

病気を告げられた日、家族の前では決して泣くまい、なにがあっても涙を見せまいと心に誓った。なのに……無理だろうな。

おれの強がりもそこまでだということだ。

それでも、いいか。

腕の中にしっかりと結美子を抱きしめる。温かい。生きるとは、愛《いと》しい者を抱きしめられることでもあった。その温かさを感じることでもあった。あぁ、こんなにも幸せだと、雄一は胸の中で呟《つぶや》いた。

結美子が軽く、腰を屈《かが》める。奈津子が花嫁のベールをそっと下ろした。それから、雄一を見上げる。半泣きの顔をしていた。

「お父さん……」結美子がささやき、そっと腕をからませてくる。目の前にバージンロードが延びている。その先には、花婿が立っていた。そこまで、ゆっくりと歩く。緊張のためだろうか、足に力がこもらない気がする。転びそうで心許《こころもと》ない。

「お父さん、もっとしっかり歩いて」

結美子のささやきが耳に届いた。

「ちゃんと歩いてるだろうが」

言い返す。結美子はベールの向こうで少し唇を尖《とが》らせたようだ。

「すごいぎくしゃくしてるよ。あたしまで歩き難いもの」

「うるさい。こんな場面で文句を言うやつがいるか」

ささやきを交わしながら、前に進む。まさか、バージンロードで言い合うとは思ってもいなかった。泣くどころではない。


結美子はそういう娘だった。いつも、こちらが予想もしていなかった行動をする。そう、あれは小学五年の夏、あれは中一になったばかりの春、高校を卒業する直前の日……。不意に、結美子にまつわる記憶が、雄一の頭の中を巡った。あの行動的で、真っ直ぐな気性で、勝気でおてんばで、優しく誠実な娘はこんなにも美しい花嫁になった。おれは、この花嫁の父親だ。足が止まる。目の前に花婿がいた。目が合う。父と花婿と。二人はほとんど同時に頷《うなず》いた。

この娘をどうか、お願します。

眼差《まなざ》しに想いを込める。結美子がすっと振り向いた。雄一に身を寄せてくる。「お父さん、大好き」。その一言が鮮やかに聞こえた。

白いドレスの姿がぼやける。気が付くと涙が頬を伝っていた。

馬鹿、こんなところで泣かせるんじゃない。

涙のしょっぱさが口に染みてくる。生きるぞ。涙と決意を噛み締める。ステンドグラスからの光が柔らかく、周りの全てを照らしていた。

翔太から連絡があったのは、結婚式から一週間ほど経った夜だった。結美子の結婚のことを手紙で知らせてあったから、祝いの電話だった。

「おめでとう、娘が二人とも、新たな家庭を持ったんだ。やれやれだな」

「まあな」

「何だ、淋《さび》しいのか」

「少しな」

「おお、やけに素直だな。昔の雄一なら、淋しいなんて絶対に認めなかったぞ」

「素直に生きるのも悪くないと思い至ったんだよ」

病気のことは知らせていないけれど、何かを感じたのか、翔太は暫《しばら》く黙り込んだ。

受話器の向こうから、「ただいま」という女性の声が微《かす》かに聞こえた。

「おかえり」と返事をしてから、翔太が告げる。

「今の声、パートナーなんだ」

「え、じゃあ、おまえも結婚したのか」

「法律上は他人になるのかな。週末だけ一緒に過ごしている。事実婚ってやつになるのかなあ。何か今、すごく居心地がいい。なあ、雄一」

「うん？」

「おれ、ずっと家族を厭《いと》ってきた。嫌でたまらないと思ってた。けど、家族とか結婚の形って、いっぱいあるんだよな。百も二百も千も万も……」

雄一は黙って耳を傾けていた。翔太の声が低くなる。

「家族とはこうあるべきだ、結婚はこうなんだって囚《とら》われていたの、実は俺自身だったんだ。この年になって、やっと気が付いた」

「なるほど。気が付かせてくれたのが、今のパートナーってわけか」

「鋭いな」

「人生経験の賜物さ」

囚われていては見えない真実がある。固執していては摑《つか》めない幸せがある。

結美子のウェディングドレスの姿が浮かんできた。

なぜか、後ろ姿だ。

父親に背を向けて、娘はゆっくりと未来へと歩いて行った。

記憶の中でさえ、目眩《くら》むほどに美しい後ろ影だった。

烏城の空

父と子と

風が唸《うな》る。

その風に煽《あお》られ、横殴りの雨が地の上にある物ことごとくにぶつかる。まるで飛礫《つぶて》だ。木々が大きくしなり、引きちぎられた葉が、枝が、地にたたきつけられる。野獣の咆哮《ほうこう》にも似た風音は、岡山城の奥、城主池田《いけだ》綱政《つなまさ》の寝所にまで届いてきた。

いや、風音だけではない。

綱政は夜具から飛び起きた。

これは、いかがした？

風そのものがぶつかってくる。雨粒がぶつかってくる。綱政は瞬く間に濡《ぬ》れ鼠となり、立ち尽くすしかなかった。

どうしたのだ。なぜ、寝所に雨風が……。

天井を吹き飛ばされたわけでも、壁が崩れたわけでもない。部屋の中を、城の中を風雨が吹き荒れる。

どうしたのだ。これは……何が起こった。

叫ぼうとしたが、声が出ない。息だけがひゅーひゅーとか細い音を立てる。苦しい。

胸が苦しい。

誰か……誰か、おらぬか。

突然、笑い声が響いた。哄笑《こうしょう》が風音と混じり合い、雨音に絡みつきわんわんとこだまする。

誰の声だ？　誰が笑っている？

人か、物《もの》の怪《け》か。

くわはははは。この愚か者。この無能の者。おまえに、この国は治められぬ。治められぬ。治められぬ。

おのれ、わしを愚弄《ぐろう》するか。何者だ。

笑声が一際、高く、大きくなる。雨も風も激しさを増す。

もう立っていられない。吹き飛ばされる。息ができない。

「うわぁぁっ」

悲鳴がほとばしった。喉《のど》の肉を突き破るような勢いだ。

「うわあああっ」

目が覚めた。

天井が見える。

風も雨もない。寝所は静寂《しじま》と薄闇に包まれていた。

「殿。いかがなされましたか」

御側不寝番《おそばねずばん》の小姓が、襖《ふすま》の外から躊躇《ためら》いがちに声を掛けてきた。

「……いや、大事ない。少し、夢を見ておったようだ」

夢だった。

安堵《あんど》の吐息が漏れる。しかし、動悸《どうき》はまだ収まらない。全身から汗が噴き出て、寝衣に染みていた。

「今、何刻じゃ」

「は、間もなく卯《う》の刻（午前五時～七時）にございます」

「もう、そのような刻か……」

綱政は立ち上がり、短く命じた。

「戸を開けよ」

「ははっ」

小姓が襖戸、続けて、廊下の雨戸を開ける。

光が差し込んできた。夏の名残を十分にとどめた光はなかなかに剛力で、部屋に淀《よど》む闇を一掃する。

明るい。

早朝の日差しが、緑に長《た》ける葉々の上で、敷き詰めた小石の上で、五葉松《ごようまつ》の枝の上で煌《きらめ》いている。空は既に青く澄み渡り、白鷺《しらさぎ》と思《おぼ》しき鳥がただ一羽、西から東へと過《よぎ》っていく。その白が目に眩《まぶ》しかった。日差しは熱を含んでいるが、風は秋の気配を孕《はら》んで涼やかだ。

天守に黒漆塗りの下見板を張り巡らせ、異称を『烏城《うじょう》』と呼ばれる岡山城は今、この光を浴びて、荘厳にも美しくも照り映えているだろう。しかし、その主《あるじ》たる我が身は……。

光の中で綱政は目を閉じた。

おまえに、この国は治められぬ。

あの声は、あの哄笑は誰でもない。わし自身のものだ。

ため息が漏れた。長く尾を引いて、消えていく。

綱政が致仕した父池田光政《みつまさ》にかわり、岡山三十二万石六代目城主を襲封したのは寛《かん》文《ぶん》十二年（１６７２年）、三十五歳のときだった。翌、延宝《えんぽう》元年（１６７３年）、同二年（１６７４年）、岡山は未曽有《みぞう》の豪雨に見舞われ、旭《あさひ》川、吉井《よしい》川は決壊し大洪水を引き起こした。農地は荒れ、家屋は流され、多くの人々が亡くなった。当然、米の収穫は激減し、連年の凶作となる。

農村地での窮人の数は瞬く間にふくれあがり、老人、子ども、病人、女といった弱い者から次々に倒れていった。痩《や》せさらばえた遺体が菰《こも》も被《かぶ》せられず放置され、人々は、木の根、草の根に至るまで掘り返し、口に入れた。子を亡くした母親が泣き叫び、親を失った子が路頭に迷う。まさに地獄絵図そのものの有り様が領内に広がった。追い打ちをかけるかのように、延宝三年（１６７５年）禁裏造営の国役を負うこととなり、莫大《ばくだい》な出費を余儀なくされる。

度重なる災害、財政の逼迫《ひっぱく》、荒れた田畑、増え続ける餓死者。

なぜだ、なぜ天はこうまで、わしを苛《さいな》む。

綱政はこぶしを握り締め、唇を嚙《か》んだ。身体が瘧《おこり》のように震える。

城主の座に就いた翌年から洪水、飢饉《ききん》が相次いだ。領民は飢え、苦しみ、国は滅びの様相さえ帯びる。

全て、わしの不徳ゆえなのか。わしに徳がないばかりに、岡山は天に見放されようとしているのか。父上が……父上が城主であられたのなら、このような事態には陥らなかったのか。

父、光政は明君の誉れ高い国主だった。さまざまな改革を図り、政《まつりごと》の刷新に努めた。致仕した今も西の丸に住み、城内に隠然たる影響を及ぼしている。

偉大な父だ。

偉大な父は、ときとして、息子の前に立ちはだかる壁となる。綱政は聳《そび》える壁を前にして、怖《お》じるような心持になっていた。

わしは、所詮《しょせん》、城主の器ではなかったのか。父上の足元にも及ばない者であったのか。

難題を抱え、為《な》す術《すべ》がなく、悪夢に叫び声をあげて飛び起きる。

何と無様な、何と情けない。

「殿。お着替えの刻でございます」

小姓が告げる。

「うむ……」

曖昧《あいまい》に返事はしたが、綱政はそのまま風景を見詰めていた。想いがとりとめなく湧き上がり、動こうとして動けないのだ。

もう一度、天を見上げる。

鳥の姿はどこにもない。かわりのように、一朶《いちだ》の雲が流れていた。あの雲も、あの鳥も、ただ一己《いっこ》で果て無い空を渡っている。

心細くはないのか、淋《さび》しくはないのか、怖くはないのか。

綱政は唇を嚙み、青く輝く空から目を逸《そ》らした。


延宝三年、正月。

綱政は、重臣日置《へき》猪《い》右衛《え》門《もん》から一通の覚書を渡された。

「これは？」

「は、畏《おそ》れながら、津田《つだ》重次郎《じゅうじろう》からの意見書にございます」

「津田からの……」

津田重次郎永忠《ながただ》は、十四歳で光政に側小姓として仕え、その後、三十四歳で和気《わき》郡閑谷《しずたに》に屋敷を与えられ事実上隠居するまで、長く政の中枢にいた人物だった。博学多才、文武百般に通じ、光政をして「才は国中に双びなし」とまでいわしめた側近中の側近でもある。光政は、自分の致仕と同時に永忠の職を解いた。

永忠ほどの才人をなぜと訝《いぶか》しむ声が多々あがったことは、綱政の耳にも届いている。

永忠の年齢と能力を鑑《かんが》みれば、政から遠ざけるのは、あまりに惜しい。

確かにその通りだ。しかし、並外れた知力と才能は、使い方ひとつで妙薬にも毒薬にもなる。どちらも、その効能は尋常ではあるまい。妙薬であれば何ら問題はないが、一度、毒薬に変じればどうなるか。綱政治世の息の根を止めてしまう懸念さえ出てくる。

父上は、わしには津田を使いこなせぬとお考えになった。

あれほどの男を臣下とする器に非《あら》ず。

はっきりと告げられたわけではないが、綱政は父の思案を感じ取っていた。綱政自身、父の寵臣《ちょうしん》であり続け、その治世を支え続けた永忠にどことなく冷めた思いを抱いてもいた。

その永忠が意見書を差し出してきた。

「飢人救済のための手立てについて記しております。殿、なにとぞなにとぞ、お目通しくだされませ」

猪右衛門が低頭する。

綱政は、まだ墨の匂うような書状を開き、目を落とした。

「う……うむ……」

読み進めるうちに、指先が熱を持ち細かく震え始めた。

「日置、これは」

「はっ。津田は諸郡の手習所を一年間閉鎖し、手習所米を粥《かゆ》として飢人の救済に役立てたいと申し出ております」

「そうか、あの津田が手習所の閉鎖をのぅ」

「領民の窮状を見るに見かねての進言と拝察いたします」

「うむ」

手習所とは、光政が領内各地に設けた領民教育の場である。家士だけでなく、町民、農民にまであまねく儒教教育を広げ、優れた村役人を養成することを目途とした。その設立に尽力したのが他ならぬ津田永忠だったのだ。いわば、手習所は仁政を政の基とした光政治世の印そのものだった。永忠にとっても、かけがえのない場であるはずだ。一年と区切ったとはいえ、その閉鎖を永忠自らが申し出てきた、ここまでの意見書を差し出したからには、あらかじめ光政を説き伏せたうえでの進言だろう。

「日置」

「はっ」

「津田を呼べ。話を聞きたい」

「ははっ」

猪右衛門が退く。綱政は脇息《きょうそく》にもたれ、大きく息を吐き出した。

翌日、綱政は城主の間で永忠と向かい合った。

津田重次郎永忠は、以前と何ら変わらぬ落ち着いた佇《たたず》まいだった。能吏にありがちな不遜《ふそん》な様子も、小賢《こざか》しい臭みもない。その才知を光政がこよなく愛し、怖れもした男は静かな気配をまとって、端座していた。

「津田、久しぶりであるな」

「ははっ。御尊顔を拝し、恐悦至極に存じ上げ奉ります」

「挨拶《あいさつ》はよい。津田、もそっと、もそっと近う寄れ」

膝行《しっこう》した永忠の顔を暫《しばら》く見詰め、綱政は言葉を継いだ。

「此度《こたび》のそなたの意見、尤《もっと》もであるぞ。能《あた》う限り速やかに執り行いたい。いや、執り行わねばならん」

「はっ」

「領内の手習所を施粥《せがゆ》所として、飢人救済の拠所《よりどころ》といたす。よいな」

「畏れながら、ご英断かと存じまする。それにより、女、子ども、老人、病人等々の弱き者が飢えて死ぬ悲運から救われることとなりましょう」

「領民を守ってこその政、そう申すのであろう」

「御意」

「手習所の閉鎖については、父上はご納得であるのだな」

「はい。大殿におかれましては、何よりも領民の命を重んぜねばならず、致し方ない仕儀であるとの仰せでございました」

「そうか……。では憂いはない。日置」

「はっ、これに」

控えていた猪右衛門が進み出る。

「聞いての通りじゃ。飢人救済は一刻を争う。すぐにとりかかれ」

「ははっ」

綱政は視線を猪右衛門から永忠に戻した。

「津田、よう意見してくれた。そなたにとっても、手習所は至重の場であったろう。礼を申すぞ」

「もったいのうございます。職分を越えた、差し出がましい行いであると、重々承知しておりました。しかし、領民の窮乏、これに極まり座視するに忍びない……いえ、耐えられぬ思いで筆を取った所存でございます」

「わかっておる。しかしのう、津田。施粥所を開くは一時の施策にすぎぬ。真の領民の救済はまだ、これからじゃ。ほとんど何も手を付けておらぬに等しい」

永忠が顔を上げる。僅《わず》かに、目を細める。

「どのような手立てを講じるべきと、そなたは考える」

身を乗り出す。肘《ひじ》が当たり、脇息が倒れた。小姓が慌てて直したが、綱政はもう、そこに寄りかかろうとはしなかった。かつて、父の寵臣であった男の双眸《そうぼう》を覗《のぞ》き込む。

「そなたの意見を聞きたい。申せ、津田」

永忠が身じろぎをした。顎《あご》を上げ、綱政の眼差《まなざ》しを受け止める。

「まずは知ることが肝要かと存じます」

「知ること、とな」

「はい。領民の惨状、村々の真の姿を知ってこそ、打つべき手も見えてくるはず。逆に言えば、そこを知らずしては飢人の救済も、村々の復興も上辺だけのものとなりましょう」

「……罹《り》災《さい》の実情については、報《しら》せは受けておる」

「数ではございません。流死人何人、流失家屋何軒、餓死者総数。紙の上の数だけでは見えてこないものを見、聞き、知らなければ真に実のある手立てはできぬと思われます」

「数だけでは見えてこぬもの、か」

「はっ。人の姿は数では表せませぬ。人を数でなく人として見てこそ、救済も復興も道筋が明らかになるはずでございます」

綱政は考える。

わしは今まで一度たりとも、民を人として見たことがあったか。岡山の国の主《あるじ》として、財政の立て直しに心を砕き、度重なる天災の襲来におののきはしたが、領民そのものの暮らしに、命に、日々に思いを馳《は》せたことはあっただろうか。

果たして、果たして。

「そうか、わしと父上との違いはそこにあったのか」

独り言のように呟《つぶや》いていた。

「わしがどう足掻《あが》いても父上に敵《かな》わぬは、民を知ろうとする度量の大きさ、広さであったのかのう……」

「それは、違います」

静かな声が綱政の呟きを遮った。

「畏《おそ》れながら、殿、それはお考え違いにございますぞ」

綱政は声の主、永忠を見やった。

「違う？　わしが何を違《たが》えたと言うか」

語尾が少し尖《とが》る。昔からそうだった。物言いでも、所作でも、言葉でも、為したことであっても、誰かに咎《とが》められたり諫《いさ》められたりすればとたん気持ちが尖る。その尖りは口調や表情にあからさまに滲《にじ》み出てしまうのだ。ときに、熱いほどの怒りともなる。

童のころならまだしも、齢《よわい》も三十を超え、国を治める立場の者がこれほど短慮でどうすると、己を叱りも羞《は》じもするのだが、生来の質はそう容易《たやす》くは変わらない。

永忠は静かなまま、言葉を続けた。

「大殿は大殿、殿は殿ではございませぬか。殿は殿らしく、君主としての正道をお歩きになるべきです」

「父上と我が身を引き比べる要はないと、言うのか」

「はい。殿には殿にしかできぬ政がございましょう。民に心を寄せながら、その道をお探りくださいませ」

わしにしかできぬ政がある……のか。

永忠が両手をつき、額が床に触れるほど低頭した。

「分を弁《わきま》えぬ申し分でございました。ひらにご容赦ください」

そのとき、不意に思い出した。

光政の暗く沈んだ顔つきと弱音とも愚痴ともとれる一言を。

「わしは君主の器ではないのかもしれん」

あれを聞いたのはいつのことだったか。おそらく綱政が幼少のころだったはずだ。父の傍らに座り、父を見上げていた。

夕陽なのか、朝焼けなのか、その顔が赤く染まっていたことも思い出す。頼りなげな、悲し気な横顔だった。

思い出した。思い出した。思い出した。

そうか、父上も迷っておられたのだ。悩み、戸惑い、己を見失い、苦悩していた。今のわしと同じように、だ。

その迷いを悩みを戸惑いを越えて、国主の役目を全うした、全うできた。それは……。

綱政は永忠を見、猪右衛門を見た。

それは、人がいたからか。

永忠をはじめとする有能な家臣たちに支えられ、助けられて国を治めてきた。決して、ただ一人で奮闘していたわけではないのだ。

人は財だ。宝だ。支えだ。人の世は人によって豊かになる。

「津田。面を上げよ」

永忠が身を起こした。

綱政はその前に膝《ひざ》を付き、もう一度「津田」と呼んだ。

「そなた、わしの目となってくれるか。わしの足とも手ともなってくれるか」

「殿……」

「そなたの力が要る。わしを助けてくれ」

永忠の両眼が見開かれた。瞬《まばた》きもせぬまま、綱政を見返す。

岡山城の上には青い玻璃《はり》にも似た冬空が広がっていた。

この後、綱政は永忠たち家臣の働きで、後楽園《こうらくえん》の造営、沖新田《おきしんでん》、一文字《いちもんじ》波《は》止《と》の完成、吉《き》備《び》津《つ》彦《ひこ》神社の再建、池田家の菩《ぼ》提寺《だいじ》として曹源寺《そうげんじ》建立、閑谷学校講堂落成等々、今に残る多くの事業を成し遂げた。岡山に元禄《げんろく》文化の大きな花を咲かせたのである。

石工たちの空

藤吉《とうきち》は口を覆っていた手拭《てぬぐ》いを取り、大きく息を吐き出した。それから、空を見上げる。

岡山の空色は大坂のそれより、柔らかい。

と、藤吉は思う。空を見上げるたびに思うのだ。そして思うたびに、胸の中で呟く。

同じ空なのに、何で違うて見えるんやろか。

大坂が恋しいわけではない。

大坂三郷《さんごう》の一つ天満《てんま》組で生まれ、天満川のすぐ近くの裏長屋に九つの年まで住んでいた。その年が明けてまもなく、母が亡くなった。前年の暮れから引き込んでいた風邪をこじらせて、ほんの一月ちょっと寝込んだだけで、あっけなく逝ってしまったのだ。翌月、母の後を追うように二歳の妹も夭折《ようせつ》してしまった。

それからだ、貧しいながらも、それなりに穏やかに過ぎていた藤吉の日々が一変したのは。
経師職人として働き、暮らしを支えていた父の作助《さくすけ》が崩れたのだ。それまで嗜《たしな》む程度だった酒を毎日、浴びるように飲み始めた。飲んで酔えば、「おとき、お花《はな》。何でわしらを残して逝ってしもうたんや。殺生やないか。お花なんてまだ二つやったのになあ。あんまりや、あんまりや。おときぃ、お花ぁ」と母と妹の名を繰り返し呼び、身も世もなく嘆き悲しむ。仕事にはめったに出なくなり、たまに仕事場に現れてもぼんやり座っているだけでろくに働かない。

「作助はもうあかんなあ。使いものにならんわ」

経師屋の親方が、ため息とともにそう言ったと聞いたとき、藤吉は目の前が闇に閉ざされた気がした。

　見放されたのだ。とうとう、親方に見放されてしまったのだ。

　そのころには酔い潰《つぶ》れて橋袂《はしたもと》や路地で眠る作助を捜し、連れ帰るのが藤吉の日々の決まり事になっていた。酒と汗の入り混じった体臭を嗅《か》ぎながら、父を背負い歩いていると背骨が軋《きし》み、音を立てるようだった。その重さよりも情けなさに、先の見えない不安に、母や妹恋しさに、声を上げて泣きそうになる。

「父やん、しっかりしてんか。父やんがしっかりしてくれんと、おいら、どうしたらええんかわからんやないか。もう米も味噌《みそ》もないんやで。明日《あした》から何を食うて生きていくつもりや」

泥酔し、眠りこける作助に訴えたけれど、返ってくるのは鼾《いびき》だけだった。

その作助も年の暮れに亡くなった。大坂の町が雪に覆われた朝だった。珍しく素面《しらふ》だった作助は目を覚ましてすぐに、「えらく喉《のど》が渇く。水を一杯、くれへんか」と藤吉に乞《こ》うた。

藤吉の差し出した湯呑《ゆのみ》の水を一息に飲み干すと、「ああ、美味《うま》い」と妙に晴れ晴れした声を上げたのだ。

もしかしたらと思った。

もしかしたら、父やん、立ち直ってくれるんやないか。

藤吉の胸に僅《わず》かな明りが灯《とも》った。

「父やん、あのな」

今日から、酒とは縁を切ってんか。藤吉はそう言いかけた。

湯呑が落ちる。床に転がる。作助の身体が横に傾ぎ、そのまま倒れた。額と床がぶつかって鈍い音をたてる。

「父やん！」

慌てて抱き起こしたとき、作助が吐瀉《としゃ》した。そして、低く呻《うめ》いた。藤吉が最後に聞いた父親の声だった。

三日三晩眠り続け、四日目の明け方、作助は息を引き取った。長屋の住人と大家と経師屋の親方が集まり読経するだけの葬式が終わると、藤吉は本当に一人ぼっちになってしまう。

誰もいない。

たった一人だ。

「藤吉、おまえ、なんぼになるんや」

親方が問うてきた。作助の埋葬を終えた直後だった。墓石なんて大層な物は用意できないから、大人の頭ほどの石を土饅頭《どまんじゅう》の上に載せた。その石の前で親方が声を掛けてきたのだ。

項垂《うなだ》れていた顔を上げ、答える。

「年が明けたら、十です」

「そうか、十か。ほな、早すぎるわけでもないな。な、藤吉、おまえ、石工になる気はないか」

「え？」

「わしの知り合いにな、河内屋治兵衛《かわちやじへえ》って石工の棟梁《とうりょう》がおる。大坂広しといえども、この人ほどの石工はおらへんで。その人の下で働いてみいへんか」

河内屋治兵衛。初めて聞く名だ。石工という仕事についても、何も知らない。けれど、藤吉は躊躇《ためら》わなかった。

「働きます。働かせてください」

ほとんど縋《すが》るように頼む。石工でも大工でも経師屋でもいい。生きていく術《すべ》を手に入れられるなら、どんなことでもする。

「そうか、ほな、わしが手筈《てはず》整えたる。しっかりきばりぃや」

「はい。親方さん、おおきに。ほんまにおおきに」

親方はかぶりを振り、腕組みして墓石に視線を落とした。

「実はな、藤吉。わし、おまえのこと作助から頼まれたんや」

「え、父やんから？」

「そうや。あれは……確か、亡うなる五日ほど前のことや。店にふらっと現れてな、おまえの奉公先を探してくれへんかて頭を下げるんや。何とか口過ぎの道を見つけてやりたいんやて言うてた。素面やったで。本気の眼ぇしとったわ。わしんとこは、職人がぎょうさんおって奉公人はいらんさかい、どこか他を当たってみてやるて言うたらな、土間に這《は》いつくばるようにして、頼む頼むってな。作助のやつ、もう長うないって悟ってたんやろなあ。おまえには申し訳なかった。苦労かけるばっかりで、父親として何にもしてやれんかったて泣いてたわ」

「父やんがそんなことを……」

「ああ。あれは作助の遺言やったんや。わしは遺言を託された。おまえが河内屋さんとこで一人前になってくれたら、肩の荷がおりるっちゅうもんや」

「はい。死に物狂いで気張りますよって」

「そうか、そうか。な、作助、今の藤吉の言うたこと聞いたか。耳に届いとるな。倅《せがれ》のことはもう心配せんかてええさかい、あんじょう成仏しいや。そいでな、あの世でおときさんたちと一緒に、藤吉を見守ってやりい」

親方が手を合わせる。藤吉の頬を涙が伝った。父が亡くなってから初めて流す涙は、驚くほど熱かった。

河内屋治兵衛は、稀代《きたい》の名工だった。石細工を得意とするが、石工集団を率いて、大掛かりな造営を幾つも手がけた。

「ええか、わしらの仕事は腕だけで勝負するんとちがうで。ここや、ここを使うんや」

治兵衛は己の頭を指し、石工たちに告げる。

「難儀な仕事であればあるだけ、考えるんや。考えたら必ず道は見つかる。端《はな》から無理だと諦《あきら》めるやつには絶対見えへん道やで。ええな、わしらは日の本一の技と頭を持っとる。それを忘れたらあかん」

端から無理だと諦めるやつには絶対に見えへん道やで。

藤吉は、治兵衛の言葉を嚙《か》みしめる。

父やん、母やん、お花。天から見ててくれや。おれは、この棟梁の下で一人前の石工になるからな。

亡き父たちに誓ったとおり、藤吉は懸命に励んだ。苦しいときも、辛《つら》いときも、淋《さび》しくて死にそうなときもあったけれど負けはしなかった。一年が流れ、二年が経ち、三年が過ぎ、さらに季節が重なっていく。

「藤吉、岡山に行くで」

治兵衛からそう告げられたのは、藤吉が二十歳の春だった。

「お、岡山でっか？」

「そうや、岡山や。殿さまの墓所を造るように仰せつかったんや」

「へっ、岡山のお殿さまのお墓を……」

「そうや。何でも京都からお移しになるっちゅうことや。墓所にと殿さまがお決めになった所が、山の上らしいわ」

「てことは、石を運ぶのが相当、難儀になりますわな」

「うむ。しかも長尺の御影石《みかげいし》は島から切り出して、湊《みなと》に上げ、それから運び上げる段取りになる」

「そりゃまた、ますます難儀やないでっか」

「そうや、難儀の上にも難儀な仕事や。だからこそ、河内屋治兵衛に任せたいて、津田さまが言わはってな」

「津田さまってのは、どなたです？」

「岡山のご城主、池田光政さまの懐刀とまで言われてはるお方や。恐ろしいほど頭の切れる御仁やで。しかも井の中の蛙《かわず》やのうて、広く世間ちゅうものを知ってはる。知ろうともしてはる。お侍さまやけど、わしら職人の仕事をちゃんと認めてくださるんや。職人の技、商人の商い、百姓の働きがあってこそ国が立ち行く、まさに国の要《かなめ》だとおっしゃってな」

へえと藤吉は声を上げた。武士が自分たち職人を国の要とまで称《たた》えるなんて、ちょっと信じられない。藤吉の知っている武士は、二本差しに、肩を怒らせて歩く不遜《ふそん》極まりない者たちだ。町人のことなど、道端の石塊《いしくれ》ほどにも思っていない。

「そんなお侍さまが、ほんまにいてはるんですか」

「いてはる。津田さまはわしらを信じてくれてはるんや。だからこそ、岡山に行くんや。津田さまのご信頼に応《こた》えな、大坂の石工河内屋治兵衛の名ぁが泣くやないか」

治兵衛が胸を張る。

信には本気で応える。

治兵衛の職人としての矜持《きょうじ》と心意気が伝わってくる。

「難儀なほど仕事はおもろうなりますさかいに。棟梁、これはえらくやりがいのある話やないですか」

藤吉はにやりと笑ってみせた。

「言うようになったな、藤吉」

治兵衛も笑う。それから、つと身を乗り出した。

「おまえの石工としての腕が入用や。一緒に、岡山に来てくれるな」

「もちろんです。置いていかれたら堪《たま》りませんわ。一生、棟梁を怨《うら》まんとあかんことになりますよって」

「おいおい、わしは女に怨まれるのは慣れとるけどな、男は御免や」

「どこの女子に怨まれとるんです。お内儀《かみ》さんの耳に入ったら、大事《おおごと》になりまっせ」

「そっちはもっと御免やなあ」

藤吉と治兵衛の笑い声はぴたりと重なり、梅の咲く庭へと流れ出ていった。


覚悟していた通り、岡山での仕事は困難を極めた。

岡山城主池田光政が池田家の墓所に選んだ地、敦土《あづち》山の和意谷《わいだに》は麓《ふもと》からかなりの道程《みちのり》がある。墓所の規模は雄大であり、使用する御影石（花崗岩《かこうがん》）は遠く、邑久《おく》郡犬島《いぬじま》から運び上げなければならなかった。すなわち、犬島から採石した物を海路で片上湊《かたかみみなと》に陸揚げする。そこから和気《わけ》村まで運び、さらに敦土山まで担ぎ上げるのだ。道は険しく狭い。馬も牛もほとんど使えず、頼みとするのは人力のみだった。

藤吉たちは、治兵衛の許《もと》、墓碑、玉垣、石垣の造営を担う。

「えっ、曲尺《かねじゃく》じゃなくて周尺《しゅうしゃく》を使うんでっか」

治兵衛から周礼《しゅらい》に従い、寸法は周尺を使うように言い渡されたとき、藤吉は少なからず驚き、戸惑いを隠せなかった。

「そうや。津田さまのご指示や」

「なんで曲尺やとあきまへんのや」

「そりゃあ、お殿さまが万事につけて儒教の礼式を重んじておられるからやないか」

「儒教の礼式と周尺がどないに繋《つな》がりますのや」

「そりゃあ……」

治兵衛がもごもごと口ごもったとき、背後で声がした。

「それはな、儒教においては周の時代を最も良しとするからだ」

振り向き、藤吉は息を呑《の》んだ。

裁着袴《たっつけばかま》に羽織姿の男が立っていた。藤吉より幾分年上のようだが、まだ十分に若い。日に焼けた精悍《せいかん》な面構えをしている。太い眉《まゆ》と大きな双眸《そうぼう》が目立った。思わず後退《あとじさ》りしてしまいそうになる。男からは、それだけの強い気迫が漂っていた。

「津田さま」

治兵衛が膝《ひざ》をつき、頭を下げた。藤吉もそれに倣う。

津田さま、このお人が？

藩主池田光政の側近中の側近にして、「才は国中に双びなし」と謳《うた》われた津田永忠かと、藤吉はもう一度息を呑み込んだ。そういう諸々《もろもろ》を岡山に来てから知った。永忠が光政の意を受け、御墓所普請惣《そう》奉行として造営に奔走していることも知った。「国中に双びなき才」を持ち、主君の寵愛《ちょうあい》と信頼を一身に集め、困難に果敢に挑んでいく。

そういう人物が今、目の前にいる。

気迫のこもった眼で藤吉を見ている。しかし……。

そんなに、大きいことあらへん。

耳に入ってくる噂から、藤吉が思い描いていた永忠の姿は、見上げるような巨漢だった。人並み外れた才は人並み外れた身体に宿っているのだろうと勝手に思い描いていたのだ。

初めて会った津田永忠は、中肉中背の若い男だった。背はむしろ、藤吉の方が高いぐらいだ。もっとも、どうした弾みなのか十五の年を境に、藤吉の背はめきめきと伸び、今では治兵衛の弟子の中でも群を抜く背丈となっていた。

「二人とも畏《かしこ》まらずともよい。それでは、わしが仕事の邪魔をしたことになる。さっ、立って、続けてくれ」

永忠は少し慌てた口調で藤吉を促した。

「そなた、名は何と申す」

「へっ？」

「名だ。何という名だと尋ねたのだが」

「あ、へ、へえ。藤吉ともうしやす」

「藤吉か。花の藤に吉だな。良い名だ」

藤吉は目をむいて、永忠を見詰めた。まさか、武士、しかも普請惣奉行から名を褒められるとは思ってもいなかった。

「和気の里も藤の美しいところだぞ」

「あ、へい……」

「津田さま、この藤吉の腕は折り紙付きでおます。日の本一とまでは申しませんが、十本の指に入るんは間違いないて、わたしは思うておりますのや」

「おお、治兵衛がそこまで言うのなら本物であろうな。慣れぬ岡山の地でいろいろ苦労もあろうが、そなたたちが頼りだ。しっかり働いてくれ」

不意に手を握られた。

「頼むぞ、藤吉」

「へ、へい。気張らせてもらいます」

永忠の手に力がこもる。熱く、硬い手だった。

空に鳶《とび》が舞っていた。羽を広げ、悠々と円を描いている。

柔らかな青に染められた空を美しいと思う。魂が吸い取られそうだとも思う。晴れあがった今日は、遠く播磨《はりま》の山々まで望めた。なるほど、生を終えた者がゆっくりと眠るには適した場であるかもしれない。

作助の墓に心を馳《は》せる。苔生《こけむ》した小さな石だけの墓だ。

父やんは、あの下で骨になってしもうたんかなあ。

このところ夢にも出てこない父のことをふっと考えてしまったのは、岡山の空があまりに青く澄んでいるからだろうか。

「藤吉、藤吉」

誰かが呼んでいる。鑿《のみ》と槌《つち》を握ったまま、藤吉は首だけをねじり、後ろを見やった。

「津田さま」

「藤吉、ご苦労だな。そなたの働きぶり、治兵衛から聞いておる。見事なものだぞ」

「あ、いえ。そ、そんな」

永忠の前に立ち、藤吉は少しだけ俯《うつむ》いた。面と向かってこんなに称えられると、かえって面映《おもは》ゆい。けれど、嬉《うれ》しくもあった。

藤吉は今、亀趺《きふ》という墓碑の台石を造っている。その名の通り、亀の形をしたものだ。背に墓碑を載せ、堂々と前を向く亀を藤吉は彫り上げようとしていた。

「一休みせぬか」

永忠が竹の水筒と紙包みを差し出す。中には、草饅頭《まんじゅう》が入っていた。冷たい水も餡《あん》の詰まった饅頭も美味《うま》い。身体と心に染みる。

おかしな方だ。

永忠をちらりと見やる。当たり前のように、藤吉の隣で饅頭を口に運んでいた。

偉いお侍が、おれたち職人と一緒に饅頭を食うなんてな。

「そなたたちは、すごい」

饅頭を食べ終えて、永忠がぼそりと言った。

「へ？　すごいって言わはりましたか」

「ああ、言った。そなたたちの技、仕事ぶりにはただ、ただ驚かされる。そなたたちがいなければ、この和意谷の墓所は造れなかった」

永忠は亀趺の甲羅にそっと手をやった。

「藤吉」

「へい」

「わしは、そなたたちを岡山の御用石工としたいのだ」

「え、それは、お抱えの石工ってことでっか」

「そうだ。城下に家を与えられ、城から扶持《ふち》をもらう。そして、この国のために働くのだ。どうだ、嫌か」

「いや、そんな……。けど突拍子もないお話のようで……」

「そうか。突拍子もないか。しかし、これから、国営の大きな普請が幾つも始まる。全て、殿が領民のためにお造りになるのだ。わしは家臣として、殿のお心に添うて生きていきたいと思うておる。藤吉、石工としてわしを助け、支えてはくれぬか。そなたたちの力があればこそ、殿のお心もわしの想いも、現《うつつ》のものになれる」

「津田さま……」

「治兵衛とも話をした。治兵衛は引き受けてくれた。けれど、石工の中に大坂に戻りたい者がいるなら、無理に引き止められぬとも言うた。さもありなん。大坂に生まれ育ったそなたたちを岡山の地に縛りつけることはできん。わかっておる。わかっておるからこそ、こうして頼むしかない。藤吉、岡山のために生きてはくれんか。そなたの腕を我が国のために使うてはくれまいか」

藤吉は空を見上げた。

鳶はまだ、舞っていた。

「よろしゅうおます。こんな腕でよかったら、存分に使うておくんなはれ」

自分でも驚くほど、あっさりと答えていた。

そうか、おれは岡山で生きていく定めやったんやな。

永忠の眼を真っすぐに見返しながら、藤吉はその定めはとっくに決まっていたのだと悟った。

こんな美しい空の下で、こんな美しい国で石工として生きていく。

悪くない。むしろ、身が震えるような喜びが走る。

藤吉は鑿を強く握りしめた。

やりまひょう、津田さま。この鑿でこの槌で、後世に残る仕事を幾つも成し遂げて見せますさかい。

藤吉はもう一度、天を仰ぐ。

鳶はいなかった。

一朶《いちだ》の雲もない碧空《へきくう》に、藤吉は父の母の妹の笑顔を確かに見たのだった。

津田永忠が大坂から招聘《しょうへい》した河内屋治兵衛率いる石工集団は、その卓越した技術と人の和によって、この後、岡山領内の大規模な事業を次々と手がけ、成功することとなる。

和気閑谷学校、後楽園の造営、沖新田の干拓等々を支えた高い技術は江戸の世が終わるまで、連綿と引き継がれていった。

因《ちな》みに、藤吉をはじめとする石工たちの名は、どの文献にもほとんど残されていない。

ただ、幸島稲荷《こうじまいなり》神社のひょうたん石などに、その技能と遊び心を見るのみである。

カレシの卒業

「はぁ？」

亜由美《あゆみ》がぽかりと口を開け、黒目を左右に動かした。

「今、何て言うたの？」

あたしはチョコロールの袋を破りながら、声のトーンをやや暗くして答えた。

「疑うてるって、言うた」

亜由美の黒目が止まる。

「その前やで」

「美真《みま》のこと、疑うてるって言うたの」

あたしと亜由美はコンビニの前でしゃがみこんでいた。冬の間、容赦なく山から吹き下りていた颪《おろし》が今日は凪《な》いでいる。春が近いという証《あかし》だろうか。風のない夕暮れは暖かく、しゃがみこんでおしゃべりをしていても平気だった。足や手の指先がじんじん冷え込むことはないのだ。

亜由美はイチゴミルクのパックを、あたしは半分破いたチョコロールの包みを、それぞれ右手に持っている。

ここは、あたしたちの町にある唯一のコンビニだ。ちょうど一年前にできた。そのときのあたしたちの狂喜乱舞ぶりは、おばあちゃんが「耳の中に虻《あぶ》の入った馬でも、あんなに飛びはねない」と呆《あき》れるほどのものだった。おばあちゃんは続けて「コンビニって、雑貨屋みてえなもんやろが。そんなものが、飛びはねるほど嬉《うれ》しいもんかや」と笑ったけれど、嬉しいやさ。

雑貨屋じゃなくコンビニだ。

自分の生活圏内にコンビニができるなんて、あたしの十六年ちょっとの人生の中でトップファイブの慶事だ。しかも、このコンビニくん、あたしの家と高校のちょうど真ん中あたり、つまり通学路に位置してくれている。

同級生の中には家と真反対にあるコンビニに寄るために、わざわざ五キロ以上遠回りする者もいるぐらいだから、これはなかなかに幸運なことと言わなければならない。

「もう一度、言うたらし。美真の何を疑うてるって？」

「美真って、もしかして宇宙人やないかと……疑うてる」

あたしの顔を見つめながら、つまり手元をまったく確認しないで、亜由美はイチゴミルクのパックにストローを差し込んだ。器用なやつだ。黒目はもううろうろせず、表情も声も引き締まっている。あたしが真剣だとわかってくれたらしい。あたしを見つめたまま、亜由美がストローをくわえる。白いストローが薄いピンク色に変わる。

「愛莉《あいり》」

「うん？」

「美真と喧嘩《けんか》とかしたがや？」

「してない」

「別れたいとか思ってないがやね」

「まったく思ってない」

「どっちかが浮気したとかは？」

「ない」

唇を舐《な》め、亜由美は数学の伊《い》藤《とう》先生が「ここは、絶対、試験に出すやから。よーく、押さえとけよ。わかっとるな」と念を押す口調にそっくりの言い方で、問うてきた。

「愛莉、ほんき、好きなんやね」

「むっごい、好きやがね」

嘘じゃなかった。美真と付き合い始めたのは、中学を卒業する前だから、もう一年近くになる。一年前、東京から転校してきたころの美真はいかにも都会っ子って感じの線の細い少年だった。一年たっても細いけれど、どことなく逞《たくま》しく、男っぽくなったと思う。日に焼けたせいかもしれない。あたしが美真を一年前よりずっとずっと好きになっているから、そう見えるのかもしれない。

美真のこと、むっごい好きだ。

「なのに、宇宙人？」

「そうやないかて……マジで、思うこと、ある」

うーんと亜由美は唸《うな》り、再びイチゴミルクを吸い込んだ。亜由美は、あたしのことを笑わなかった。気味悪がったりもしなかった。「あんた、頭がおかしいよ」と馬鹿にしなかったし、「つまんねえ冗談やが」と決め付けなかったし、眉《まゆ》を顰《ひそ》めて身を引いたりもしなかった。唸っただけだった。

イチゴミルクを飲み干し、一息ついてから、

「詳しく、話してみ」

と、亜由美は言った。

もとからそのつもりだったから、あたしは頷《うなず》いて、手の中のチョコロールを軽く握った。

コンビニの駐車場は夕焼けに薄赤く染まっている。店の敷地の三倍はゆうにあろう

かという駐車場だ。なにしろ町に一軒しかないコンビニだから、この時間帯は誘蛾灯に集まる羽虫みたいにわらわらと寄ってきた高校生たちでいっぱいになる。レジはやたら混むけど、そこを抜けて外に出ると、だだっ広い駐車場のおかげで窮屈な感じはまるでしなかった。不思議なことに買い物をすませてさっさと帰る者はあまりいない。いや、ほとんどいない。みんな、フェンスにもたれたり、隅っこに溜《た》まったり、「軽専用」と地面に書かれた文字の上にしゃがんだりしながら時を過ごす。入り口のドア付近の「学生のみなさんは、速やかにお帰りください」なんて貼り紙、誰も気にかけていない。完全無視だ。

　どうせもう三十分もすれば、「指導」だの「補導」だのの腕章をつけた大人たちが巡回にくる。そうしたら、あたしたちは、寄ってきたときと同じようにわらわらと散っていく。それまでの、学校とも家とも異質の空間で制服のまま過ごす時間を、あたしたちは楽しんでいる。

　美真はあまりここに来ない。来ないというか、店内に入ろうとしないのだ。駐車場までは来るんだけれど、店に入るのを嫌う。特に夜は。

「気持ち悪くないか」

　なぜそんなに嫌がるのかと尋ねたあたしに、美真は眉間《みけん》にシワを寄せて答えた。端整というのか、鼻の形も目の形もきれいに整っているから、渋面になっても、あまり崩れた感じはしない。

「気持ち悪い？　コンビニが？」

「うん。夜なんか特に、変な気分になるがや」

美真はどことなくぎこちない方言を使う。一年前、中三の終わりに越してきたのだからぎこちなくて当たり前なんだけど、聞くたびにおかしい。無理して使わなくてもと思うんだけど、本人曰《いわ》く「ここの言葉が気に入ってるから、早くマスターしたい」のだそうだ。

「変な気分って？」

と、あたしは続けて尋ねた。

「真っ暗な中に、あの店だけ明かりがついてて、まるで……」

「まるで？」

「宇宙船みたいに見える」

「宇宙船が気持ち悪いやか？」

「酔いそうな感じがして」

美真は口を閉じ、さらに眉間のシワを深くした。生唾《なまつば》を呑み込んだのか、喉元《のどもと》が上

下に動く。本当に宇宙船酔いした経験があるみたいな顔つきと仕草だった。なんだか、すごくリアルで、

あっ、この人、宇宙船で酔ったことあるんだ。

と、ほんの一瞬だけど本気で思ってしまった。

あたしは、そのことを亜由美に話した。

「まさか、そんなことでの宇宙人疑惑やなかろうね」

亜由美はちらりとあたしを横目で見る。冷たくはないけど、後輩を諭すような光があった。

「ちがうよ」

「他にもあるがやね」

「うん……」

ある。一つ一つはとても小さい。だけど、その小さな疑念が積み重なって、あたしの胸を重く塞《ふさ》いでいる。

例えば……。

「光の中で、ちょっとぶれて見える」

「は、ぶれる？」

「夏の光とか当たってるでしょ。たまあに、姿がぶれて見えたりするんがやね」

「そりゃあ、愛莉の目がどうかしてるが」

「目は良いよ。乱視とかぜったいないし」

「うーん、ぶれるねえ。他には」

あたしはチョコロールを持ったまま、斜めに手を動かしてみせた。亜由美の視線も、チョコロールを追って斜めに動く。

「こう、すって手を動かしたときに、指の先から金色の線が見えること、あるがや」

そう言ってから、あたしはチョコロールを一口、かじった。

「だから、そういうの、あんたの目のせいやで。乱視はなくても、神経がおかしいんかもしれんが。疲れとるとかして」

「そうだと、ええんやけど」

疲れ目とか、そんなのだったらいいのだけれど。どんなにか、いいだろうに。あたしだって、目のせいだ、目のせいだと何十回も自分に言いきかしてきた。

「愛莉」

「うん?」

「決定的なこと、何かあるんやね」

あたしは顔をあげた。亜由美の真顔がすぐ近くにあった。口の中の唾を呑み込む。チョコロールの甘い味が強くなる。

小さな疑念ではなく大岩のような疑義が一つある。それを亜由美に聞いてもらいたい。胸の内に収めて、あれこれ思い巡らすことにあたしは、少し疲れていた。

「あのさ、一昨日《おととい》のことやけどな……キスした」

「は？　キス？」

「うん、美真と初めてのキス」

亜由美はもごりと唇を動かしただけで、黙り込んだ。

一昨日、美真の家に遊びに行った。あたしの家から自転車で十五分ほどの距離だ。町外れの小高い丘の上にポツンと一軒だけ立っている。離農した農家の古家で、離れはまだ藁葺《わらぶ》きだった。そんな廃屋一歩手前の家が、山裾《やますそ》を中心にけっこうある。

美真の両親は、二人ともヨーロッパ家具の職人とかで、山に囲まれ、広い土間や納屋のある農家が気に入り、一家で引っ越してきた。離れを改築して工房にし、椅子やらテーブルやらを作っている。

唐川《からかわ》のおじさん（美真の苗字《みょうじ》は唐川という。因《ちな》みにわたしは糸井《いとい》、亜由美は糸外《いとそと》。

このあたりには糸のつく苗字が多い）の作る家具は単純で柔らかな線をしていて、あたしは好きだ。美真と付き合い始めたころ、林檎《りんご》の形をした小物入れをもらった。本物の林檎より二回りほど大きい。木目を生かした素朴なもので、お上手じゃなく、あたしは気に入っている。

あたしは唐川のおじさんからもおばさんからも、息子のカノジョとしてすんなり受け入れられ、度々、唐川家に遊びに行くことができた。むろん、その反対、美真と糸井家との関係も良好で、美真は月に一、二度の割合でうちでご飯を食べたりしている。

一昨日も、あたしは美真に誘われて家に遊びに行き、おばさんお手製のおでんなどをごちそうになったあと、美真の部屋で音楽を聴いたり、手をつないで散歩したりして過ごした（美真は散歩が大好きなのだ）。

美真の家からの帰り道でマフラーがないことに気がついた。濃淡の青と灰色が微妙に編みこまれている派手ではないけれど、すてきなマフラーだ。美真からの誕生日プレゼントだった。

どこに忘れたかすぐに察しがついた。雑木林の中だ。美真と散歩しているうちに身体が温まって、ついはずしたのだ。すぐそばの雑木にかけて冷たい空気を胸いっぱいに深呼吸したとき、後ろから肩を抱かれた。振り向くと同時に唇が塞がれる。

美真との初めてのキスだった。

美真の唇はすごく冷たくて、その冷たさが心地よい。動悸《どうき》が激しくて苦しいほどなのに、あたしは、身体が浮くほど幸せだった。浮遊感というものを生まれて初めて実感した。

唇を離して、美真はあたしを抱きしめた。あたしも美真の背中に手を回す。硬い少年の身体が唇の冷たさと同じぐらい心地よい。

ほんの一瞬にも、一時間以上にも感じられた時間のあと、あたしたちは手をつなぎ帰った。美真の家につくまで、ほとんど口をきかなかった。伝えたいことは確かにあるのに何を言っていいか、わからなくて、口を閉じているしか術《すべ》がなかったのだ。すごく嬉《うれ》しいのに、恥ずかしくてたまらない。

「さよなら」もそこそこに、自転車にまたがり夢中でこいでいた。

頬が火照り、身体が火照り頭の中が火照る。心臓がどくどく動くたびに、甘い疼《うず》きがする。

どくどく

ずくんずくん

どくどく

ずくんずくん

ものすごく幸せだ。なのに、どこか哀しい。微笑んでしまうより、涙が滲《にじ》んでくる。

理由はわからない。全然、わからない。

ただ、あたしにとって美真がとても大切な人だと改めて思い知ったことだけはわかる。キスしても、してなくても大切なことに変わりはないけれど、唇が触れたことで、あたしの中にある想いにスポットライトが当たった。キスが照明のスイッチを入れたのだ。

誰より大切な人がいる。

それって、ものすごく幸せなのに、哀しいことなのだろうか。

わからない。大人になるって、このあたりがちゃんとわかってくることなのかなあ。

どくどく

ずくんずくん

どくどく

ずくんずくん

滾《たぎ》る感情に操られて、あたしは全速力でペダルを踏む。田んぼの畦《あぜ》からイタチが顔を出し、道を横切った。慌ててブレーキをかける。

一息ついた。

そのとき気がついた。

首が寒い。

マフラーを忘れた。

あたしは一秒の躊躇《ちゅうちょ》もしなかった。忘れた場所はわかっているのだ。自転車の向きを百八十度回転させ、やはり全速力で美真の家まで走った。家には寄らない。目的地は雑木林。そこは薄闇に包まれ始めていたけれど、気にしてなんかいられない。さっき、美真と歩いた坂道を一人、大またで登っていく。

マフラーは雑木の枝に引っかかっていた。風に微《かす》かに揺れている。

ほっとした。

ほっと一息吐き出して、あたしはマフラーを首にまいた。暖かいと感じた。なぜか、唇を指先でなぞったりしていた。

ありがとう。

その一言が浮かんだ。

マフラーをありがとう。

美真、キスをありがとう。

わたしの傍にいてくれて、ありがとう。

マフラーの中に顔半分をうずめる。

きびすを返そうとしたとき……。


「どうしたの？」

亜由美が鼻の孔《あな》を膨らませる。一メートルほど離れたゴミ箱にイチゴミルクのパックを投げ捨てて、

「ええとこで、話、止めんでね」

と、少し不機嫌な声を出した。なかなかのコントロールだが、それを褒め称《たた》える気には、なれない。あたしは生唾《なまつば》を呑み込み、言った。

「……あの、あのな、光ってたがよ」

「何が？」


雑木林の先に小さな窪地《くぼち》がある。前に散歩したとき、美真が足を滑らせて落ちたことがあった。わたしの方が驚いて悲鳴をあげたけど、美真は平気だった。底には枯葉がいっぱいで自然のふわふわクッションになっていたのだ。

「こりゃあ、おもしれえや。来いよ、愛莉」

「うん。わっ、ほんとだあ」

あたしと美真はきゃあきゃあ騒ぎながら、枯葉の上に繰り返し飛び降りて遊んだ。

そこがぼんやりと明るい。

電灯の明るさじゃなくて……じゃなくてなんだろう。不思議な淡い輝きだ。蛍とか、そういう光に似ているかもしれない。うっすらと緑がかった不思議な色をしている。こんな色の光をあたしは今まで一度も目にしたことがなかった。

雑木の間をぬうようにして近づいていく。なぜか忍び足になっていた。

「あ」

喉《のど》に息が詰まる。瞬《まばた》きができない。身体が硬直して指一本、動かせない。

「美真……」

窪地の真ん中あたりに美真が立っていた。いや、立っているんじゃない。浮いているのだ。枯葉の数センチ上に浮き上がっている……ように見えた。

美真はうっすらと緑がかった不思議な光に包まれている。同じような光に包まれた人影が二つ、美真の前に浮いていた。目を凝らすと、唐川のおじさんとおばさんの顔がそこに浮かび上がっているのが、かろうじてわかる。

微かに、微かに声が聞こえた。

「卒業だ。おめでとう」

「ありがとうございます」

「辺境の星で、よく、がんばったな」

「いえ、楽しかったです」

耳鳴りがする。声は耳に痛いノイズに変わった。おばあちゃんの持っている旧式ラジオから流れてくる音にそっくりだ。音とも声ともつかないそれをおばあちゃんは、懐かしい音楽のように目を細めて聴いていることがある。

ビビーン、ビビーン

これで卒業……帰ることが……

ビビーン、ジジジ、ジジジ

そうですね……でも……

ジジジジ、ビーン

鼓膜に突き刺さる。頭が痛い。

あたしは耳を塞《ふさ》ぎ、小さな悲鳴をあげた。

美真が振り向く。

不思議な光に包まれて美真が振り向く。

髪も顔も首も手も足も淡い緑色だ。美真自身が発光していた。

「それで、逃げ出した。どうやって家に帰ったか覚えてないが」

そこまで話して、あたしは大きく息を吐き出した。

ほんとに家に帰るまでの記憶はすっぽり抜け落ちている。家に帰って玄関に座り込んでいたら、ふっと風を感じた。乾いた草の匂いのする風だ。振り返ったら、おばあちゃんが立っていた。

「おかえり。よう、帰ってきたね」

おばあちゃんはそう言って、あたしの頭にそっと手を置いた。「よう帰ってきたね」小さいころから家に帰るたびに、おばあちゃんはそう言って迎えてくれた。家だから帰ってくるのが当たり前なのに、それが大層なことであるように、褒めて迎え入れてくれた。不思議なんだけど、「よう帰ってきたね」と言われると気持ちが凪《な》いで、とても楽になった。辛《つら》いことがあっても哀しくても、よしと立ち上がれた。一昨日《おととい》もそうだった。さすがに、すっかり落ち着くってところまではいかなかった。でも、元気は出た。それで、こうして亜由美に話をしている。

「うーん」

亜由美が唸《うな》る。

「そっか……それは、かなりやな。宇宙人か……」

「亜由美」

「うん」

「どうしよう」

「どうしようって、愛莉はどうしたいがや。もし、美真が宇宙人だったら別れたいって思ってるがや」

「そうじゃないって」

「へ？」

「美真なら宇宙人でも地球人でもええの。そんなん、関係ないし」

「そんなの関係ないってかあ」

「亜由美、からかわんといて」

「からこうてないけど。宇宙人とか地球人とか関係ないって言い切れるあんたが、すごいやねと思うてる」

「美真のこと好きやもの。何でもええもの」

「へえへえ。本気でラブってるわけや。そしたら、何を悩んでるの。気持ち決まってるならええやないの」

あたしはチョコロールを放り出して、亜由美の腕を摑《つか》んだ。

「卒業って聞こえた。美真、ここで卒業するんやないがね」

「何から卒業するわけ？　って、わからんか」

「わからんよ。けど卒業って区切りやないの。卒業したら、ここでないどこかに行くってこと、ない？」

亜由美はまた唸った。答えに窮しているのだ。あたしは泣きそうになった。

「宇宙人やったら宇宙に帰るってこと、あるかもしれんが。そしたら、どうしよう」

「ものすごい難問やなあ。愛莉、悪いけどあたし、よう答えんわ。だから本人に直接、聞いてみ」

亜由美は立ち上がり、顎《あご》をしゃくった。

駐車場に美真が立っていた。

亜由美は大またで美真に近づくと、肘《ひじ》で軽く小突く。

「美真、言うとくけどな」

「うん」

「愛莉のこと泣かせたら、許さんよ。わかっとるね」

「うん」

亜由美はそのまま、夕暮れの景色の中に消えていった。

美真があたしに向かってゆっくりと片手をあげる。


「いつか、言わなくちゃって思うてたんやけど」

並んで歩きながら、美真はいつもより少しだけ低い声で話し始めた。

「うん……」

「おれさ、卒業試験にパスしたから、もうすぐ帰んなくちゃいけない」

「もうすぐって？」

しまったとあたしは慌てた。いきなり核心を突いてしまった。もっとゆっくりゆっくり遠まわしに訊《き》かなくちゃいけなかったんだ。心がほんのちょっぴりでも受け入れる準備を始めたときに、訊かなくちゃいけなかったんだ。

あたしにとって、美真の正体より、美真がどこに行こうとしているのかの方が百倍も大切。千倍も大事。

答えなくていいよ。

そう言おうとしたあたしの顔をちらりとも見ないで、まっすぐ前を向いたまま美真は答えた。

「明日《あした》」

絶句する。

明日ぁ？

「しかも、たぶん、朝方、まだ夜が明けないうちに」

「それ……前から決まってたが……」

声をしぼりだす。心臓が痛い。破裂しちゃうのかもしれない。それならそれで、かまわない。

「詳しく話す」

美真の足が止まった。町を二分するように東から西へと流れる川にかかった橋の上だった。あたしたちの傍らを帰宅中の学生や、ライトを点《つ》けた自転車や、自動車が行き過ぎていく。いつもと同じ、一日が暮れていくときの風景だ。いつもと同じであることが信じられない。

「おれさ、すごく遠くからきた。銀河系の外」

明日、明日、明日、美真はいなくなる

「生まれ故郷の星で宇宙環境学の研究してて、その研究機関の卒業課題として、指定惑星の一つで一年間、これは地球時間に換算してのことなんだけど、一年間、その星の生物として生きるってのがある。指定惑星ってのは、知的生物がいて、成り立ちがおれたちの星と似ていて、かつ、一千二百万光年以上離れているのが条件なんだ。つまり、その中に地球もあって」

「その星に帰るんだ」

あたしは叫んだ。叫ぶことで美真の言葉を遮ったつもりだった。でも声は低く重かった。獣の威嚇の声みたいだった。

あたしは自分が手負いの獣のように怯《おび》え、怒っていることに気がついた。あたしはものすごく腹をたてている。

明日ぁ？

卒業課題？

一千二百万光年？

ふざけんな。

「愛莉……怒ってるがや」

美真の下手な方言を聞いたとたん、頭の中でふつりと何かが切れた。あたしは両手ともこぶしを握り、美真を睨《にら》み付けた。

「あたりまえでしょ。ふざけんながや。なんなんよ、それ。そんなら、一年前から決まってたことやないの」

「う……そりゃあ、そうだけど……」

「そんならなして、あたしと付き合うたの。それも、研究なんとやらに入っとるわけ」

「入っとらんよ」

「じゃなしてよ。そっとしといてくれたら、よかったんよ。黙っていなくなってくれたら、よかったんよ」

こんなに好きにさせて、

キスまでして、

出会えてよかったって本気で想わせて、

それで、明日、一千二百万光年のかなたにさよならだって。

ふざけんな。ふざけんな、ふざけんな。

「ばかぁっ」

あたしは持っていたカバンで思いっきり美真の身体を打《ぶ》った。確かな手ごたえがあった。

「もうええよ。卒業したならどこでも行っちゃえ。帰ればええがね。けど、さよならなんて言わんといてな。絶対、言わんといてな。ばかっ、美真のばかやろう」

今度はちゃんと叫べた。通り過ぎる人たちが振り返る。かまうもんか。みんな、ばかやろうだ。

「愛莉、あの」

美真の手が伸びてくる。

あたしはその手に背を向け、走り出した。

美真は行ってしまった。

次の日、担任から「唐川美真くんは、ご家庭の都合で急に転校してしまいました。みんなに、よろしくとのことです」なんて、そっけない説明があったきり、あたしの前から消えてしまった。

亜由美は、

「今度あったらぶっとばしてやりたいけど、無理やがね」

と、あたしの目の前でこぶしを突き上げる仕草をした。あたしは無理して笑った。

絶対、泣くものかと思った。地球の女のプライドにかけて、あんなやつのために泣くものかと自分に言い聞かせる。

「愛莉」

ひと月がたって、春の気配が濃くなるころ、おばあちゃんがあたしの部屋に入ってきた。あたしは手にしていた林檎《りんご》の小物入れを慌てて、棚に戻してから、ふてくされた声を出した。

「なんね」

「あんた、顔がむくんどるがね」

「え？」

「無理して我慢しとるから、顔がむくんでる」

「我慢って……」

おばあちゃんの両手があたしの頬を挟む。

「おまえはほんまに、がんしょ（意地っ張り）やね。泣いたらええやないの」

「おばあちゃん……」

「恋して泣くのは、恋した者の特権やがね。無理して我慢することなんて、なんもないで」

おばあちゃんの手はがさがさしていた。なのにすごい気持ちがいい。我慢できない。

我慢なんてできないよ。

涙があふれた。

あたしは、おばあちゃんの膝《ひざ》に顔をうずめて声をあげて泣いた。わぁわぁと泣いた。喉《のど》が痛くなるまで泣いた。泣きながら美真のことを全部、話していた。

「もう、ええよ」

おばあちゃんの手があたしの背中を撫《な》でる。

「もう、ええよ。愛莉、これ以上泣かんかてええよ。あんたの気持ちはよう、わかる。けど、だいじょうぶやから。美真くんは本気やったから、ほんまにあんたのこと好きやったから、きっと会えるから。もう泣かんでええからな」

「おばあちゃん。宇宙やで。一千二百万光年やで。もう、会えるわけないが。帰ってくるわけないが」

「そうけな」

おばあちゃんの口調に笑いが混ざる。あたしは顔をあげた。おばあちゃんは、さもおかしそうに笑っていた。

「ほんきで好きやったら、帰ってくる。この星で好きな相手と暮らそうと思う。恋ってのはそういうもんやで、愛莉」

「おばあちゃん、だって……」

「うちがそうやったがね」

おばあちゃんの笑みが広がる。そのシワだらけの笑顔が一瞬、金色の光に包まれた。

「うちは、おじいちゃんのこと、ほんまに好きやったからな」

「おばあちゃん？」

まさか、まさか、おばあちゃん……。

「ほら、見てみ」

おばあちゃんがカーテンを開ける。外を指差す。

あたしは窓から身をのりだした。

夜だった。暗かった。風が吹いていた。

白いセーターを着た美真が、柿の木の下に立っていた。

フィニッシュ・ゲートから

I

　東雲《しののめ》一丁目の交差点でタクシーから降りると、風が南から吹きつけてきた。微《かす》かに甘い花の香りがする。

　南野《なんの》悠斗《ゆうと》は降り立った場所から動かぬまま、視線を巡らせた。

　間もなく満開になろうかという桜が見える。そんな気がしたのだ。

　桜はどこにもなかった。

　しかし、空があった。見事に晴れ上がった空だ。立ち並ぶビル群に仕切られてはいるけれど、紺碧《こんぺき》と呼ぶに相応《ふさわ》しい濃い青が鮮やかに輝いている。

　眩《まぶ》しい。

　天気予報によると、今日一日はこの快晴が続くらしい。

「気温はあがり、午前中には二十度を超える暑さになるかもしれません。明日《あした》は東京マラソンです。参加者のみなさん、体調管理に十分留意して、完走を目指してくださいね。応援してます。がんばってくださーい。天気予報でした」

昨夜、気象予報士と呼ぶには、いささか抵抗を覚えるほど若くて、華やかな顔立ちで、妙に舌足らずの物言いをする女性がテレビの中からそう告げていた。今朝早く、同じチャンネルで天気予報を確認したけれど、予報士が地味な中年男性に替わっていた他は、内容はほとんど同じだった。

暑くなるか。

目を細め、紺碧の空を見詰める。この暑さはきつい。

「きついな」

声に出して呟《つぶや》いていた。呟いた後、ゆっくりと振り返ってみる。晴海《はるみ》通りに沿って、大都会の街並みが続いている。

東雲橋があり、豊洲《とよす》センタービルがあり、新月島《しんつきしま》公園がある。さらに、銀座《ぎんざ》があり、浅草《あさくさ》雷門《かみなりもん》があり、日本橋《にほんばし》があり、日比谷《ひびや》がある。そして、さらに西神田《にしかんだ》があり飯田《いいだ》橋《ばし》があり……東京都庁がある。

腕時計に目をやる。

午前八時四十八分。

間もなくだ。間もなく、都庁第一本庁舎の前にスタートの号砲が響く。三万を超えるランナーたちが走り始める。そのざわめき、空気の震えを肌が感じ取る。フィニッシュの東京ビッグサイトから三キロほどしか離れていないここは、時折、大会関係の車両が行き交う程度で、普段とほとんど変わらぬ風景だろう。それにもかかわらず、悠斗はランナーたちの息遣いや、鼓動や、眼差《まなざ》しを感じるのだ。かなり、生々しく。大きく息を吸い込んでみる。排気ガスの臭いばかりが鼻をつく。

十三年前、十七歳の悠斗が走り続けた故郷の道は、いつも何かの香りがしていた。雨上がりの土の香であったり、梅の芳香であったり、川面《かわも》から立ち上る水の匂いであったり、それらが混じりあい季節の匂いとしか名づけようのないものであったりした。土はいつも湿《しめ》り気を帯び、春には和草《にこぐさ》のしなやかさを、秋には落葉の柔らかさを足裏に伝えてきた。

都庁前から東京ビッグサイトまでの42・１９５キロは、東京都心を射貫《いぬ》く道程だ。ランナーたちは世界屈指の大都会ＴＯＫＹＯを貫いて走る。

昨日、ほぼ一日がかりでコースを歩いてみた。一月《ひとつき》前にも歩いている。日本有数の歓楽街や繁華街を通り、林立した高層ビルの間を進む。東京タワーが見えた。雷門が見えた。昨日も一月前も、まさに東京そのものの競技路だと感じた。

遠い昔、走り慣れたあの道とはあまりに違う。

悠斗はジャケットを脱ぎ、脇にかかえると南に向かって歩き出した。フィニッシュ・ゲートの近くで待っているつもりだった。三万人の中から、ただ一人のランナーを待つ。何時間、待つかわからない。九時十分のスタートから、トップのランナーがゲートに走りこむまで二時間あまり。それから何時間、待つだろうか。一時間、二時間、三時間、それとも……。


「もしかしたら、一番最初におまえの姿が見えてくるかもな」

半ば本気で言った悠斗に、冠城湊《かぶらぎみなと》は微かに笑って答えた。

「まさか、ありえない」

電話でのやりとりだったから顔は見えない。しかし、湊が微笑《ほほえ》んだとわかった。昔と変わらぬ、あの気弱な笑みを浮かべて受話器を握っているに違いないのだ。

「そうか？」

「そうさ」

「なんで」

「マラソンって、そんな甘いもんやないやろ」

あぁ、そうかと頷《うなず》いていた。

そうだよな、そんな甘いものじゃない。何年も走ることと無縁の生活をしていた者が、もう決して若くはない年齢の男が、勝者になれるほど甘いスポーツじゃない。そんな優しい気紛れをマラソンの神は決して起こさない。

己の肉体とシューズだけを武器として、マラソンランナーは闘う。ただスタートからゴールまでを走り続ける。この上なく単純で過酷な競技。怖ろしくも、美しくも、魅惑的でもある。だから、人はマラソンに惹《ひ》かれるのだろう。こんなにも。

「悠斗」

受話器の向こうから、湊が呼んだ。故郷の訛《なま》りを濃く残して、語尾があがる。なぜか、胸が高鳴った。時間が遡行《そこう》し輪杏《りんきょう》第一高校の陸上部員として共に走っていたころに引き戻された気がした。湊と話をするたびに、時の遡行を感じてしまう。むろん、それは束《つか》の間《ま》の幻に過ぎない。

「最後まで走るから」

湊の声が低くなる。どこか掠《かす》れてもいた。高校生ではない。人生を知った大人の声音だ。

「それだけは確かやから」

悠斗は答えなかった。答えが見つからなかったのだ。「そうだな」とあっさり頷くことができなかった。「がんばれよ」と陳腐《ちんぷ》な激励を送ることは尚更《なおさら》、できなかった。そうか、おまえは最後まで走るのかと、唇を結んだだけだった。沈黙をどう受け取ったのか、「じゃあな」と、湊が電話を切ろうとする。「待てよ」とっさに止めていた。

待てよ、まだ切るな。まだ……。

「湊」

携帯電話を強く耳に押し当てる。

「おれのシューズで走ってくれんか」

今度は湊が黙り込んだ。密《ひそ》やかな息遣いだけが伝わってくる。携帯を握っている手のひらがじっとりと汗に濡《ぬ》れてくる。悠斗は舌の先でゆっくりと唇を舐《な》めた。

自分の言葉に自分で驚いている。頭の中でふいに閃《ひらめ》いた思いがそのまま口をついた。いや、そうでなく、湊から東京を走ると聞かされたとき、悠斗の内に芽吹いた思いだったのかもしれない。それが育ち、茎を伸ばし、やっと言葉となった……のかもしれない。

窓の外は雪だった。冬の終わりの証《あかし》ともなる、重く湿った雪片が降り続いていた。

歩きながら空を見上げる。南からの風が身体全部を包み込む。三十七キロ付近の佃《つくだ》大橋あたり、あそこが最大の難所だろう。さほど勾配《こうばい》のない上り坂がだらだらと続くのだ。坂を上りきったあとも、アップダウンが続く。余力があればさしたる障害にはなるまいが、疲労しきった身体には辛《つら》い。ここで脚が止まるランナーがかなりいるはずだ。緩《ゆる》やかな坂が、聳《そび》え立つ絶壁とも思えるのだ。ゴールを目前にしての試練。新《しん》宿《じゅく》に始まり東京ビッグサイトで終わるこのコースが、そう簡単には走破できないと告げる試練だ。鮮《あざ》やかな、残酷な演出ではないか。

脚は止めない。最後まで走り切る。

それだけは確かやから。

湊はそう言った。それだけしか言わなかった。それだけで十分だった。「久々のマラソンを楽しむさ」でもなく「もう一度走れるかどうか賭《か》けてみる」でもなかった。

42・195キロを走り切る。

本物のランナーとしての言葉を湊は口にしたのだ。

あいつ、変わっていなかった。ランナーのままだった。

春たけなわの陽光を浴びながら、悠斗は僅《わず》かに唇を嚙《か》んでいた。まだ胸の底に僅かに疼《うず》く傷がある。本物のランナーになりきれなかった自分が疼くのだ。

ランナーとは走る者を言う。現世の何を背負おうとも、ただ純粋に真っ直ぐ走り続けられる者だけをランナーと呼ぶのだ。

おれにはできなかった。

おれはランナーにはなりきれなかった。

胸の上をこぶしで軽く叩《たた》いてみる。

まだ、未練がましく疼くのか。

「おまえは、いつまで経っても中途半端やな」

職場の上司、佐《さ》伯《えき》慶《けい》介《すけ》に投げつけられた一言が、唐突によみがえってきた。去年のことだ。秋と冬が混じりあい、うららかな陽光と肌を刺す寒風がせめぎあう時季だった。湊から八年ぶりの電話を受けた翌日でもあった。

職場であるスポーツメーカーのシューズオーダーメイド部門の室《へや》は、窓から雪を被《かぶ》った六甲《ろっこう》の山並みが見渡せた。その風景は誰の心遣いなのか、窓辺に置かれた赤いシクラメンの鉢とよく調和して、晴れやかな雰囲気を醸《かも》し出していた。もっとも、チーフの佐伯を除けば、三十歳の悠斗が最年長という若い職場だ。窓からの風景やシクラメンが無くとも、いつも晴れやかで騒々しい。それはスタッフの平均年齢の若さだけでなく、佐伯チーフの陽気で屈託のない性質に因《よ》るところも大いにあった。

佐伯慶介はスポーツシューズ製作の第一人者として、国内はもとより国外からも注目と称賛を集める人物で、国際的なイギリスのマラソンランナーが招待選手として来日したさい、記者会見で口にした「わたしにとって、日本における最も厄介で手ごわいライバルは○○や△△ではなく、ケイスケ・サエキのシューズだ」との言葉は、海外でも大きく報道された。

トップアスリートたちのシューズを手がける名工は、ことシューズ製作に関する限り、一切の妥協を許さぬ厳格さを部下に強いるけれど、ひとたび仕事を離れると極めて寛容で温和でいい加減で、安酒とモツ鍋《なべ》をこよなく愛する初老の男に変わる。

その佐伯が、パソコンに向かい測定資料の整理をしていた悠斗の傍《かたわ》らに立ち、呟《つぶや》いた。

「おまえは、いつまで経っても中途半端やな」

顔をあげ、来年が還暦だという佐伯の愛玩《あいがん》用小型犬を思わせる丸い眼を見詰める。

「おれがですか？」

「おまえが、だよ」

丸い眼は愛玩用どころか、険しさと鋭さを秘めて悠斗に向けられていた。シューズに向かい合っているときの眼だ。抜き身の刀を突きつけられた。一瞬、そんな幻覚を抱かせる眼でもある。

「どういうことです？」

「わからへんか」

「わかりません」

「じゃあ、考えろ。わかるまでな」

佐伯が背を向ける。そのまま部屋を出て行こうとする。悠斗は慌てて立ち上がった。

机の上の資料ファイルが落ち、中身が音をたて、床に散らばる。今年入社したばかりの藤島《ふじしま》真菜《まな》が屈《かが》みこみ、拾い集めてくれた。

「佐伯さん、ちょっと待ってください」

頭の中が熱くなる。その熱に押されるように佐伯の背中を追った。

佐伯は職場ではいつも、ほぼ一年を通して、自社製のトレーニングジャケットとパンツという恰好《かっこう》をしていた。「おれは人一倍愛社精神が強いんや」と本人は真顔で触れ回っているけれど、実のところは、軽くて動きやすいという単純な理由かららしい。

黒いトレーニングジャケットの腕をつかむ。

「うわっ、いてっ。悠斗、自慢やないがおれ、骨粗鬆症《こつそしょうしょう》なんやぞ。腕の骨が折れたら、どうしてくれるんや」

「え……」

思わず指を放し、身体を引いていた。

「すみません。全く知りませんでした。そんな風に全然見えなかったので、大丈夫でしたか？」

佐伯は自分よりかなり上背のある悠斗をちらりと見やり、大きく肩を回した。

「悠斗」

「はい」

「もうちょっと屈んでみ」

「はい？」

いぶかしみながらも言われたとおりに腰を屈める。

「この、あほっ」

額を指ではじかれた。まったく予期していなかった攻撃だ。佐伯の指は一流の職人に相応《ふさわ》しく、巧みに動き、強靭《きょうじん》な力を秘める。ピーンと響くほどの痛みが走った。

「……っつ。佐伯さん、何するんですか」

「おれのどこが骨粗鬆症に見える。おれの骨密度は三十代やぞ。おまえらなんかより、よっぽど上等や」

「だから、見えないって言ったじゃないですか。佐伯さん、他人《ひと》をからかうのもいい加減にしてください」

「軽い冗談や。ユーモアやないか。そんなに尖《とん》がるな」

「さっきのも冗談ですか」

「なんやて？」

「おれのことを中途半端って言いましたよね。あれも冗談ですか」

「本気や。おれは冗談は嫌いやからな」

佐伯が肩を竦《すく》める。悠斗はこめかみの辺りが、強く脈打つのを感じた。口の中が渇いて痛い。

「本気で、おれのことを中途半端だと思ってるんですか」

「そうや」

「なんでですか！」

叫んでいた。もう少しで小柄な上司の胸倉を掴《つか》みそうになった。かろうじて堪《こら》える。三つ年下の金子《かねこ》洋平《ようへい》が腰を浮かせ、心配げな視線を向けてきた。真菜も、もう一人の女性スタッフの伊倉《いくら》遼子《りょうこ》も同じような眼つきで悠斗と佐伯を見ている。二十歳の真菜は少し怯《おび》えてもいるようだ。

「……すいません。つい……」

一息、吐き出し、謝る。ここは職場だ。感情に任せて、声を荒らげる場所ではない。

「つい、なんや？」

「つい、かっとしてしまって」

「何で、かっとした？」

佐伯が畳み掛けてくる。珍しいことだった。佐伯は根っからの職人で、つまり、物を作ることよりほかに興味を抱かない男だった。「老後に備えて貯金せんとあかんけど、これからじゃ遅いかもしれへん」とか、「貧乏暇なしや。会社もなあ、もうちょい給料あげてくれても罰《ばち》はあたらんと思うけどな」とか、俗っぽい台詞《せりふ》もよく口にはするけれど、基本的には金にも女にも名声にも地位にも拘泥《こうでい》しない。泥酔したとき意味不明の説教を延々と続ける悪癖はあっても、自分の業績のために部下を叱咤《しった》することなど一度としてなかった。

それを履《は》く人間にとって、最も理想に近いシューズを作る。

佐伯が望んでいるのはただそれだけなのだ。個々の思いや野心はそれぞれにあるとしても、チーム・サエキのスタッフがリーダーの職人気質《かたぎ》というか魂に惹《ひ》かれて、集い、仕事をしているのは確かなことだった。

その佐伯が妙にからんでくる。こちらの神経を逆なでして喜んでいるかのようだ。

何故《なぜ》？

「悠斗、言うてみ。何でかっとした？」

「佐伯さん……」

「図星やったからやろ。人間、痛いところを突かれると頭に血が上るもんや」

口中の唾《つば》を飲み下す。喉《のど》の奥がひりつく気がした。ペース配分を誤ったレースみたいだ。前半で飛ばしすぎた脚がふいに重く鈍くなったとき、逆にスローペースに惑わされてスパートの機会を逸したとき、こんなひりつきに襲われる。

佐伯が顎《あご》をあげる。

「おれが言うまでもないやろ。自分がどのくらい中途半端な人間か、おまえが一番ようわかっているはずやからな」

「それは……」

「悠斗、おれ、おまえに言うたことあったろう。ランナーに、走るためのシューズを作る。それがどういうことか考えてみろってな」

「はい。佐伯さんの下で働き始めてすぐのころです」

「おまえは、まだその答えを出してないんやぞ」

「……はい」

金子が立ち上がった。眼鏡を指で押し上げる。

「少し言い過ぎやないですか。南野さんが中途半端やなんて、ぼくら到底、思えませんけど」

「ほんとに」

遼子も頷《うなず》く。一つに束ねた髪の先がさらさらと揺れた。

「うおっ、なんや悠斗、おまえ、いつの間にみんなを味方につけたんや。くそっ、誰も彼も寝返りやがって。ここで味方の裏切りに遭うとは、無念だ。佐伯慶介一生の不覚であった」

「チーフ。下手な時代劇やってる場合じゃないです」

遼子の絶妙な突っ込みに、真菜が噴き出す。それで場の空気が和《やわ》らいだ。金子が腰を下ろし、パソコンの画面に眼を落とした。真菜も遼子もそれぞれの仕事に戻る。悠斗は立ったままだった。立ったまま、佐伯の言葉を反芻《はんすう》する。

いつまで経っても中途半端やな。

確かに痛い。的を射た台詞というものは、一本の矢に変じるらしい。ど真ん中に深く突き刺さる。

「佐伯さん」

佐伯は悠斗に背を向け、咲き終えたシクラメンの花柄を一つ一つ摘み取っていた。

「図星です」

「そうか」

「中途半端に仕事をしてました」

仕事に心を向けていなかった。中途半端だ、確かに。

色褪《いろあ》せ萎《しぼ》んだ花弁を握りこみ、佐伯が小さく息をついた。

「何かあったんか？」

問いかけてくる。

「昨日、友人から電話がありました」

友人？　そうだろうかと束の間戸惑う。

おれにとって、湊は友人なのだろうか。そんなありふれた言い方ですませられる相手だろうか。

「ずっと音信不通だったやつです。そいつから突然、電話が掛かってきたんです」

夜半、午前零時を回ったころだった。一人暮らしのマンションの一室に、突然、携帯電話が着信音を響かせた。こんな時刻に連絡してくる誰の顔も浮かばず、もしや故郷の両親に異変でもあったのかと慌てて立ち上がっていた。

「悠斗、携帯番号、昔のまんまなんだな」

故郷訛《なま》りの穏やかな声が耳に滑り込んでくる。

「湊……湊か」

「うん、そうやで。悪かったな、こんな時間に連絡して。起こしてしもうたか？」

謹直《きんちょく》な物言いもすぐに謝る癖も昔のままだった。

「いや、まだ起きてたから」

「そうか。どうしようかって悩んでたら、遅くなっちまって。けど、やっぱ、悠斗には知らせておきたいって思うて。思うたら一秒でも早うに知らせたくなって……あのな、悠斗」

「うん」

「おれな、来年の東京マラソン走れるんだ。もちろん、フルで」

抑えきれない興奮が伝わってくる。

「東京マラソン……おまえ、フルマラソンを走るんか？」

「走る」

しばらくの沈黙の後、「走る」と言い切った語調の強さを緩め、湊は息を吐いた。

高校時代、しょっちゅう中学生に間違えられていた童顔が浮かぶ。

「走るって、おまえに伝えたくて……いや、聞いてもらいたくて電話した。けど」

「うん？」

「ほんま悪かったな、こんな時間に」

「ばか」

怒鳴っていた。湊と話していると気持ちのどこかが苛立《いらだ》ってくる。ほんの一部なのだが尖《とが》るのだ。これも、昔のままだった。

「謝ることなんて、何もないやろ。何でそんなに簡単に謝ったりするんや。フルマラソンやぞ。東京のど真ん中を走るんやぞ。ヤワな気持ちじゃ、走り抜けれんやろが」

再びの沈黙。今度は小さな笑い声が起こった。

「久しぶりに、おまえに怒られたな」

「湊、おまえ」

今、どこにいて、何をしている。そう問う前に「じゃあな」の一言とともに電話は切れた。悠斗は携帯を握りしめ、しばらく佇《たたず》んでいた。

II

「突然、電話がかかってきてどうしたんや？」

佐伯が摘花《てきか》の手を止める。

「そいつ、走るって言うんです」

「走る？」

「三月の東京マラソン、走るんだそうです。フルを」

「招待選手としてか」

「いえ、一般です」

「へぇ。そりゃあまた強運の持ち主やな。ものすごい応募数なんやろ。そこから選ばれたってことは、ある意味宝くじに当たったようなもんやないか」

「……そうですね」

去年の大会資料によると応募総数は十五万通を遥《はる》かに超えていた。今年はさらに増えているだろう。その中から選ばれる出場予定者は約三万、五分の一だ。宝くじに当たる確率よりはかなり高いとはいえ、出場権を手にできた運は確かに強い。

走れと命じたのだろうか。

マラソンの神があいつに、もう一度走れと命じたのだろうか。おまえに42・195キロを走る機会を与えようとのたまったのだろうか。与えよう。だから、走れと。

首を振ってみる。つまらないことを考えるなと自分を叱る。神ではなく、人間の意志が選んだのだ。湊はまだ走ることを捨ててはいなかった。

「女か？」

「え？」

「東京マラソンの出場権を手にした運のええ友人とやらは、女なんかって聞いたんや。おまえなあ、他人の話はしっかり聞けや」

「すいません。あの、男です。高校時代、同じ陸上部にいたやつです。中学のときから一緒に走ってました」

「誰や？」

「あ……名前を言っても佐伯さん、たぶん、ご存知ないです。中学も高校も、目立つ選手じゃなかったですから」

「おまえと一緒ってことは長距離をやってたんやろ。まぁ、東京を走ろうかっていうんやから長距離ランナーやろな。だとしたら、冠城か。冠城湊」

驚いた。佐伯が何故、湊の名前を知っているのか見当がつかない。眼を見開き、言葉に詰まる悠斗に、佐伯はにんまりと笑ってみせた。「してやったり」という表情だ。悪戯《いたずら》を思いついた悪童はこんな顔つきになるのだろう。

「おいおい、まさかのどんぴしゃか。ひひっ」

「どんぴしゃです」

「そうか、どんぴしゃか。ふふん、驚いたやろ」

「驚きました。佐伯さん、何で湊のことを知ってるんです。何で、あいつだってわかるんです」

「見たからや」

「見た？　何をですか？」

「その前に降参しろ。参りましたって両手を上げてみ。そしたら、教えてやってもええで」

両手を肩のところまで上げ、降参のポーズをとる。

「参りました」

「畏《おそ》れ入ったろう」

「畏れ入りました」

佐伯がうひうひと嬉《うれ》しげな笑い声をたてる。本当に嬉しそうだった。遼子がわざとらしい溜《た》め息《いき》を吐《つ》いた。

「チーフって、ほんま子どもやわ」

「遼子、何か言うたか？」

「言ってませんよ。それよりチーフ、お茶でも淹《い》れましょうか」

「おっ、よく気がつくね。さすがや。真菜も早う、お遼姉さんぐらい気がつくようにならなあかんぞ」

佐伯が来客用のソファを顎《あご》でしゃくる。

「座れ。おもしろそうな話やから、じっくり聞かせてもらおうやないか」

「チーフ、デザイン室から報告が三件、入ってます。内一件は明日の朝までに、どうしても目を通して欲しいとのことです。それと、スポーツ紙からの取材の件どうしますか。先方から、何度か打診の電話がありました。あっ、それに後二十分ほどで西日《にしに》本体育大学《ほんたいいくだいがく》の鈴木《すずき》教授がお見えになりますよ。五時からは陸連の方との打ち合わせが入ってます」

遼子が有能な秘書の口調で、てきぱきと告げる。

「わかった、わかった。全て遼子ちゃんに任せるから。ほら、悠斗、早う座れ。時間がないんや」

小さなテーブルを挟んで、佐伯の前に腰を下ろす。来客用といっても、他にはパイプ椅子しかないから、佐伯を訪れてきた者はここに座るしかないといった代物で、ソファにもテーブルにもファイルやら資料の束やらカタログやらが、堆《うずたか》く積まれている。

「任せるとか言われても困りますからね。自分の仕事は自分でちゃんと片付けてください。はい、どうぞ」

遼子が湯飲みにたっぷりの煎茶《せんちゃ》を置いてくれた。去年、男の子の母親になった遼子は何をするにも手際が良く、気が回り、佐伯に重宝がられている。

「冠城湊ってのは、ずっとおまえの控えにおった選手やろ」

自分専用の大ぶりの湯飲みから一口茶を飲み、佐伯はいつもよりやや早口で言った。

「そこまでご存知なんですか」

「試合、見たからな。あれは……もう、十四年も前になるかな。兵庫であったインターハイを見に行ったことがある。当時、おれはまだ特注シューズの製作と並行して、一般向けシューズの開発にも携《たずさ》わっていたんや。で、高校生ランナーを見学に出かけたってわけや。おまえ、そこで五千、走ったやろ。覚えているか」

「もちろん」

覚えていないわけがない。絶頂のころだった。試合のたびに、記録が伸び、面白いようにタイムが縮まった。

いつか、そう遠くない未来、オリンピックへ。

心密《ひそ》かに期すものがあった。「悠斗、がんばれ。オリンピックを目指せ。決して夢じゃないからな」当時の監督から、はっきりと告げられたこともある。一年生であったにもかかわらず、実業団からの誘いや問い合わせが暗に寄せられてもいた。

オリンピック、世界陸上、国際的な大会。いつの日か一流の長距離ランナーとして大舞台で走る。

見果てぬ夢ではない。蜃気楼《しんきろう》でもない。あと少しでこの指が届く、この手で摑《つか》める現実なのだ。

信じて疑わなかったころだ。

「おまえ、いい走りをしてたやろ。無駄な力の入らない軽やかなフォームで、リズムも一定していた。よう目立ったで。他にもええ選手はおったけど、特に目立った。南野悠斗って名前で、まだ一年生やけどけっこう注目されとる選手なんやって、一緒に行った営業課の人間が教えてくれたわ」

「そうですか……」

眼を伏せる。あのころ、おれはどんな眼をして走っていたのだろうと考える。浮かれていたのだろうか。驕《おご》っていたのだろうか。希望を抱いた真っ直ぐな眼差《まなざ》しをしていたのだろうか。

「湊……冠城とはどこで？　あいつ、インターハイには出場してなかったはずです」

「スタンドや」

佐伯は大きな音をたてて、茶をすすった。遼子が眉《まゆ》を顰《ひそ》める。

「チーフ、お客さまの前では絶対、そんなお茶の飲み方しないでくださいね。イメージが壊れますから」

「おれのイメージやったら、茶の飲み方ぐらいで壊れへんぞ」

「会社のです」

おどけた仕草で肩を竦《すく》め、舌を鳴らし、佐伯は話を続けた。

「スタンドでたまたまやけど、おれの隣におった。食い入るようにトラックを見詰めてたんや。その眼つきがなんちゅうか、良くてな。ほんまもんのアスリートの眼をしてたんや。そのくせ、妙に子どもっぽい顔つきしてて、高校生なんか中学生なんかようわからんかった。それで、ちょいと声を掛けてみた。『きみも陸上選手なんか』ってな。シャイな子みたいで、最初はどぎまぎしてたけど、受け答えはしっかりしてたな。そうやなあ、三十分近く話したかもしれんなあ。長距離が好きで、いつかフルマラソンに出たいって言うてた。ずっと走りたいとも言うたな。選手としてのピークが過ぎて、歳取って、爺《じぃ》さんになっても走りたいってな。おまえのことも、話題になったで。中学のときから一緒やけど、すごい選手なんだって。ライバルなんかっておれが尋ねたら、そうやない、ライバルやなくて親友やって、ライバルになるには力の差がありすぎるって、正直に答えてくれたわ。ずっとおまえの控えだったそうやないか。あぁそうやな。ほんま、真っ直ぐで気持ちのええ子やった。あんまりええ子過ぎたんかもしれへんな。選手としてはもうちょっと自己主張ができんとなぁ。けど、ほんまええ眼をしてたんやで。今でもそう思う。うん、おれも一流のアスリートをたくさん見てきたけど、遜色《そんしょく》なかったと今でも思える」

「冠城に才能があったって意味ですか」

佐伯は首を傾げ、束の間、考え込んだ。

「うーん、そういうのとはビミョーに違うんや。うーん、どう言うたらええんやろ。なんちゅうか、こいつはただ走りたいから走るんやなって、こっちを納得させてくれるみたいな眼をしてたんや。成績とか順位とか、例えばメダルを首にかけてもらうとか、最初にゴールインするとか、勝者として称《たた》えられるとか、うん、そういうのをあっさり超えちまって、ただ走ることだけを見ている眼。そんな感じやろか。おれの言うてること、わかるか？」

「はい……なんとなくですが」

胸の内に強い鼓動を感じた。理解できる。佐伯の一言一言が、なんとなくではなく、明確に理解できる。

そうだ、それがおれと湊との違いだった。明確な差だったんだ。もし、十四年前に、佐伯さんがおれと間近で向かい合ったとしても、本物のアスリートの眼だと認めはしなかったろう。

「まっ、おれの専門は眼やなくて脚の方やからな。けど、おれの従兄弟《いとこ》の嫁はんの母親は眼科医なんやで。ははは、あんまり関係ないってな」

さほど可笑《おか》しくもない冗談に自分で笑い、佐伯はさっきより音高く茶をすすった。

遼子は壁の時計をちらりと見ただけで、何も言わなかった。

「でもなあ、悠斗。縁ちゅうのは不思議なもんやな。あのとき、トラックを走ってた選手と、今、こうして同じ職場におる」

「はい」

「そして、スタンドにおったあの少年は、念願のフルマラソンに挑もうとしているんやろ。夢を叶《かな》えようとしているわけや。ほんま、不思議なもんやなあ。しみじみ思うわ」

「はい」

おまえ何で走るのを止めたんや。

そう問われるかもと悠斗は、身体を硬くした。しかし、佐伯が問うてきたのはまったく別のことだった。

「今、どこにおるんや？　冠城くんは」

「わかりません」

「東京のコース、一度でも走ったことあるんか？」

「それも、わかりません」

「あそこは、本気で走るつもりならなかなかに手強《てごわ》いで。コース設定が絶妙やからな。フラットに見えて細かなアップダウンがけっこうあるし、単純な風景が続く。沿道は人で溢《あふ》れ、声援が惜しみなく送られる。つい、走りすぎてしまうんや。それで、オーバーペースの疲れがな、ボディブローみたいにじわじわ効いて、残り七キロあたりで、どうにも脚が動かなくなる。42・195の内のたった七キロ。後一歩のところで行く手を阻《はば》まれる。そういうコースやで」

佐伯は、たった今走り終えたコースを述懐《じゅっかい》するかのようにぼそぼそと呟《つぶや》いた。

悠斗の脳裏に白い一本の道が浮かぶ。

緩やかに起伏し、曲がり、真っ直ぐに延び、どこまでも続く道だ。

「……わかってると思います」

そう答えていた。

「あいつのことだから、自分が走るコースの怖さも魅力もちゃんとわかってると思います」

一旦《いったん》、言葉にしてしまうと確かにそうだと信じられた。

湊なら、怖さも魅力も、全てを知っている。知った上で走ろうとしているのだ。間違いなく。

「そうか、そうやな。で？」

「え？」

「おまえさんはどうするんや？」

「おれ……ですか？」

「そうや。冠城湊は東京マラソンに出場する。だとしたら、南野悠斗はどないするんや？」

テーブルの上に湯飲みが置かれた。歴代の横綱の似顔絵が単純な線で描かれている。

「いつまで、中途半端でおるつもりなんや、悠斗」

悠斗は身体の横で、両手を握りしめこぶしを作った。

電話の呼び出し音が鳴る。遼子が取り、短く受け答えをした。

「チーフ、鈴木教授がお見えになりました。第一応接室にお通ししたとのことです」

「あーっ、わかった、わかった。鈴木さん、何の用やったかいな。悠斗、五時からの陸連との打ち合わせには同席してもらうぞ」

「はい」

佐伯は立ち上がり、喉《のど》の奥まで見えるほどの大きな欠伸《あくび》をした。

「チーフ、行儀が悪すぎます。イメージダウンですよ。ねぇ」

遼子が顰《しか》め顔のまま、真菜と頷《うなず》きあう。

「へいへい。わかりましたよ。ほんま、このセクションは小姑《こじゅうと》ばっか集まってんのか。年々肩身が狭うなる気がするわ。悠斗も洋平も嫁さん貰《もら》うんやったら、口の無い女にせえよ」

佐伯が出て行く。顔を見合わせ遼子と真菜が小さく笑った。悠斗は席に戻り、きちんと積み上げられたファイルの上に手を置いた。真菜が揃えておいてくれたのだ。

「ありがとう」

さっき伝えそびれた感謝を言葉にする。真菜が僅《わず》かにかぶりを振った。何か言いたげに唇を動かしたけれど、そのまま黙り込んだ。代わりのように金子が話しかけてくる。

「南野さん、高校のとき長距離やってたんですか？」

「まあな」

「そうなんだ。知らなかった」

「言うほどのことじゃないからな」

資料ファイルに手を伸ばす。国内の繊維メーカーが開発したランニングシューズ用の新素材について、今週中に報告書を提出しなければならない。来期、発売予定になっているスパイクシューズのモニタリングの分析も頼まれている。けっこう忙しい。

「中途半端じゃないと思います」

傍らで真菜の声がした。顔を上げ、若さを誇るように艶《つや》やかな肌をした女に目をやる。

「南野さん、全然中途半端なんかじゃないと思います」

目元から頬《ほお》にかけて、うっすらと紅潮した面《おもて》が真菜をさらに若く見せていた。

「チーフが何であんなこと言ったのか全然理解できないです。南野さんのお仕事が中途半端じゃないって、あたしにだって全然わかりますから」

興奮すると「全然」を連発するのは、真菜の癖だった。

「ありがとう」

さっきと同じ感謝の言葉を口にする。

「けど、佐伯さんの言ったこと、当たってる。見抜かれたって感じだな。あの人の眼力は、すごいよ」

本音だった。中途半端な仕事ぶりを見抜かれてしまったのだ。

昨夜、湊の電話を受けてから心が惑《まど》っていた。佐伯に言われるまでもない。ずっと自問していたのだ。

冠城湊は東京マラソンに出場する。再び走ろうとしている。それなら、おれはどうするんだ。南野悠斗、おまえはどうするんだ。おまえはどうするんだ。おまえはどうするんだ。おまえは……。

自答できない。三十にもなって、自らの「どうするんだ」に答えられない。とっくに答えを出したつもりだったのに。砂上の楼閣に過ぎなかったのだろうか。心はずっと揺れていたのだろうか。湊の電話に心を惑わされたのではなく、目を逸《そ》らしていた惑いに気づかされたのだろうか。

おれは走らなくていいのか、このままでいいのか。

佐伯はその惑いをいとも容易《たやす》く見破ったのだ。

おまえは、いつまで経っても中途半端やな。

「そんなことないですって。全然、ないです。南野さんがいなかったら、うちのセクション、とんでもない事態になってると思います」

真菜の顔がますます赤く染まる。

「ねっ、遼子さん、そうですよね」

「うん。確かにね。うちのチーフ、シューズを作る以外はまるで興味がないんだもんねえ。こまごました面倒くさい仕事、全部、南野さんに回してるものねえ。それで中途半端っての、金子くんじゃないけど言い過ぎよ」

「でしょ、でしょ。チーフ言い過ぎです。全然、言い過ぎです」

「おいおい、二人とも」

苦笑いしていた。

「慰めてくれるのは嬉《うれ》しいけど」

「慰めなんかじゃありません。ほんとにそう思っているんです」

真菜が身体ごと悠斗に向き合う。黒目がちでやや垂れ気味の眼が真っ直ぐにぶつかってきた。

絵梨《えり》の眼だ。

一瞬、感情が昂《たか》ぶる。しかし、すぐに凪《な》いだ。

絵梨の眼ではない。絵梨は切れ長の形の良い眼をしていた。悠斗は形の良い、そして意志を秘めた絵梨の眼が好きだった。本人は一重であるのを気にして、悠斗の二重をひどく羨《うらや》ましがったりしていたけれど。

Ⅲ

「眼の形なんて、どうでもええやろ。二重だなんて羨ましがられても、ちっとも嬉しかねえし。おまえ、視力、幾つだよ」

「あたし？　えーっと、左右どっちも、一・五かな」

「りっぱなもんやないか。それだけ見えて、何の文句があるよ」

「そーいうの、男の見方やねえ。乙女はやっぱり、きれいなぱっちり二重に憧《あこが》れるもんなんよ」

「乙女って、どこにおるんや？」

絵梨はわざと顔を歪《ゆが》め、悠斗の腕をかなりの力で叩《たた》いてきた。

「もう、悠ちゃんって、ほんま失礼なんやから。腹立つ。ねぇ、ミナッチ、何とか言うてやって」

一歩分ほど遅れて歩いていた湊が笑みを浮かべる。

「絵梨は一重が似合ってると思うけど」

「そう？　そうかなあ。ミナッチ、ほんとにそう思ってる？」

「うん」

「そっかあ。似合ってるかあ。だったら無理に二重にしなくていいかなあ。あたし、プチ整形したいなあって思ってたんやけど」

「必要ないよ」

「そうやね。必要ないよね」

絵梨が白い歯を見せて笑う。悠斗は胸の内がざわつくのを覚え、息を吸い込んだ。胸内に鼓動が響く。絵梨の笑顔を目にするたびに心臓が強く波打った。それは、トラックを走っているときの律動とはまるで異質の、唐突でどこか甘やかな感覚だった。

故郷の街の目抜き通りを三人、よく並んで歩いた。練習の終わるのを絵梨が待っていてくれたのだ。

「図書室で本読んでると、時間なんてあっという間に経っちゃうから、待つのは苦にならへんよ。それに図書室の窓からは、グラウンドがよう見えるしね。走ってるのぼんやり見てるの、けっこう楽しいから」

カバンの中に図書室で借りた幾冊かの本をしのばせて、絵梨は校門の前で待っていてくれた。練習を終え、疲れているけれどどこか満ち足りた身体と心のまま悠斗は絵梨と並び、湊は僅かに遅れて歩いた。

夕焼けの空が怖いほど紅《あか》くて、見慣れた街並みが紅色の異界のように見えた。怖いほど紅《あか》い夕焼け空に出会うたびに、制服姿の絵梨を想った。茄子《なす》紺《こん》色のブレザーに芥《から》子《し》色のリボンタイを締め、当時流行《はや》っていたルーズソックスを履いている。口元のホクロも、前髪をかきあげる仕草も、軽やかな笑い声も……絵梨の全てを想った。いくら想いを重ねても、もう二度と触れられないとわかっていながら、想ってしまう。夕焼け空をわりに冷静に見上げられるようになったのは、つい最近のことだ。

絵梨、北村絵梨と悠斗と湊は、同じ中学校の出身だった。どういうわけか三年間、クラスも同じだった。湊とは陸上部に入部したときから妙に気が合って、練習のパートナーともなっていたから、四六時中一緒にいた。絵梨と親しくなったのは湊の方がかなり早い。幼稚園の年長組のときからの同級生だという。

「ミナッチと違うクラスになったの、小学校の四年生のときだけ。後はずっと同じクラスなんやで。ずっと同じ。うちの小学校、一学年三クラスやけど確率的にはすごいやろ。四年生のときは、ミナッチが教室にいないのがどうにも変てこな気がして、なんていうか、スースーしてんの」

「なんだよ、それ」

と、悠斗は笑った。隣にいた湊も照れ笑いを浮かべている。

「なんなのか、わかんない。けど、スースーして心細いみたいな気持ち。一年間、ずっとそうやった。五年生になってまた同じクラスになったとき、ほっとしたもの。グラグラしてた足場がやっと安定したって感じ。ミナッチはどう？」

「おれ？　うーん、どうかな。静かやなとは思うたけど」

「なんやのそれ。あたしが、すごく煩《うるさ》いみたいに聞こえるけど」

「煩くはないけど、絵梨の声が耳についちゃってたから、聞こえないとやけに静かに感じるんや」

「やっぱり煩いって言ってるみたいやけど」

「あ、かもな。そういやあ、四年生のときも廊下にいると、絵梨の声が聞こえてきたりしたもんな」

絵梨と湊のとりとめのない会話を聞いていると、愉快な反面、少し苛立《いらだ》ちもした。自分の知らない二人だけの記憶があることに苛立つのだ。

子どもじみている。

自分に舌打ちしたくなる。けれど、感情は素直に正直に苛立ってしまう。その苛立ちに嫉妬《しっと》と名がついていることを高校生の悠斗はまだ知らずにいた。

絵梨は「あたし、運動神経ほとんど零《ゼロ》に近いの」と本人が言うとおり、運動より文科系の活動を好み、中学も高校も美術部に所属していた。かといって、寡黙とか内気とかそんな性質《たち》ではまるでなく、むしろ陽の気を存分に放って、明朗で、闊達《かったつ》で、誰に対してもはきはきと小気味よい接し方ができた。運動神経が零に近いにしては、バランスの取れた美しい体形と姿勢と浅黒い滑《なめ》らかな肌を持った少女でもあった。

陽気で軽やかな物言いと思慮深げな眼差《まなざ》しと。少女の幼さと女の艶《つや》と。屈託のない笑みと、時折垣間見《かいまみ》せる物憂い表情と。絵梨の内には幾つもの有り形が重なっている。覗《のぞ》くたびに、新しく、眩《まぶ》しく、さまざまに変化する。

惹《ひ》かれていた。

好きだった。

いつも、ずっと傍らにいたい、傍らにいてほしいと望んでいた。一緒に生きていたい。できるなら一生……。

いつからこんな気持ちを抱えるようになったのか、判然としない。最初はただの気が置けないクラスメートでしかなかったはずなのに。初対面で強く惹きつけられたわけではなかったのに。どちらかというと地味な容姿の絵梨が、知らぬ間に誰より美しいただ一人の女性《ひと》になっている。魔法にかかったみたいだ。

魔法にかかったように、しかし、現《うつつ》の生々しい出来事として悠斗は絵梨に恋をしていた。

　突然に激しく燃え上がるのではなく、徐々に徐々に育《はぐく》まれた想いは悠斗の内に深く根を張り、きりきりと締め上げてくる。

　中学卒業時、かなりあった陸上の名門校からの誘いを断り、地元の公立高校に進んだのは、当時、父親が事業に失敗し、実家から遠く離れた私立高校への進学は特待生としてでも不可能だという家庭的な事情からだった。申し訳ないと両親は頭を垂れ、陸上部の顧問はせっかくの機会やったのにと悔しがった。けれど、悠斗自身はそのなりゆきを無念に思うと同時に安堵《あんど》もしていた。名門高校でさらに己を磨《みが》きたい野心より、絵梨や湊と別れずにすむ喜びの方がやや勝っていたかもしれない。地元の輪杏第一高校も、公立の中では、陸上の強豪校の部類に入っている。指導陣も設備もそこそこに充実していた。そんな高校に絵梨や湊と通う。

悪くないじゃないか。

どこで走ろうと、おれは伸びる。どこでだって一流のランナーになれるんだ。

うぬぼれと紙一重の若い自負を抱いてもいた。

輪杏第一高校に進学し、湊と共に陸上部に入った。練習の後、絵梨を加え、三人で週に一度か二度、家路を歩く。わずか三十分に満たない時間がかけがえのないものとなっていく。

そのころだろうか。絵梨を女として意識し、その笑顔が脳裏から離れなくなったのは。時間をかけてゆったりとゆっくりと醸成された想いが、悠斗の身体を熱く巡り始めたのは。

一年の終わりには、すでに長距離選手として注目を集めるだけの成績を残していたし、地元のメディアに騒がれもしたから、興味半分に近づいてくる女は大勢いた。遊んだこともある。でも、絵梨はまるで違っていた。絵梨は絵梨として、女たちの囲いの外にいて他の誰とも比べようがなかった。

それが恋というものなのだろう。自分にとって唯一無二の存在になる。悠斗がさしたる感情もなく遊んだ女たちも、誰かにとってはそういう相手となるのだ。

絵梨への想いをはっきりと自覚するようになって、悠斗はやっとそのことに気がついた。気がつけば、手軽に遊んだりできなくなる。遊ぶ気も起きなくなる。

「悠斗、なーんか、このごろ付き合い悪くない？」

遊び相手に軽く詰《なじ》られたことがあった。一つ年上の華やかな顔立ちの少女だった。菜《な》珠《じゅ》という凝った名前をもっていた。

「もしかして、あたしに飽きたとか？」

「そうやない。けど、本気で付き合いたい相手がおるんや」

菜珠はオレンジジュースをストローでかき混ぜ、くるくる回る氷をしばらく見詰めていた。

「菜珠、だからな、おれ」

「あたしは別にかまへんよ」

氷がグラスに当たり、微《かす》かに涼《すず》やかな音をたてる。

「悠斗に好きな人がおってもかまへんよ。どうせ遊びのつもりなんやから。時々、こうして会っておしゃべりして、悠斗がその気になったらエッチして、そんなんで、うちはええけどな」

「そういうの、おれが嫌なんや」

菜珠の手が止まる。濃いメイクを施《ほどこ》した眼が瞬《またた》いた。グロスで煌《きら》めく唇がすぼまる。

「悠斗、ほんまの本気なんやね」

「うん」

「その人とエッチしたの」

「してない」

「エッチしなくても、好きなんや」

「うん」

「男でも、エッチなしで女を好きになれたりするんやね」

「……みたいやな」

「そっか。ほんまの本気やったらしょうがないね。ええわ、あたし、もう帰るわ。他の女に本気になった男と遊べへんものね。はは、悠斗、がんばりや。応援したげる。けど、また、その気になったら連絡ちょうだい。あたしからは、せえへんと思うから。せえへんけど、悠斗が連絡くれたらけっこう嬉《うれ》しかったりすると思うから」

菜珠は立ち上がり、口元を拭《ぬぐ》った。それから横を向き、

「あたしもけっこう本気やったんやけどね」

と笑うと、指先をひらひらと動かす。それが「さよなら」の仕草だったのか、背を向け足早に去っていく。テーブルの上にジュース代だろう五百円玉が置かれている。悠斗は自動ドアの向こうに消えた背中に頭を下げた。

悠斗は本気だった。絵梨が愛《いと》おしい。誰よりも愛おしい。その本気の中に嘘は一つもなかったけれど、僅《わず》かな驕《おご》りは含まれていた。それを思い知ったのは、しばらく後になってからだ。

しばらく後。絵梨に想いを打ち明けたときだった。夕暮れだったろうか。茜《あかね》に緋《ひ》色《いろ》に臙脂《えんじ》に世界は染まっていただろうか。そうでなく、空はすっきり晴れ上がり柔らかな丸い雲を一つ、二つ、浮かべていたかもしれない。

まるで覚えていない。周りの風景のあれこれは記憶から抜け落ちていた。瞬《まばた》きもせずに悠斗を見上げていた絵梨の顔ははっきりと刻まれている。一重の切れ長の眼が見開かれ、唇が固く引き結ばれていた。十年以上が経った今も、鮮やかなまま眼裏《まなうら》に浮かんでくる。

「ごめんね」

瞬きもせず悠斗を見上げながら、絵梨は唇を動かした。

「ごめんね、悠ちゃん。あたし、好きな人がいてるの」

ゆっくりと絵梨の瞼《まぶた》が上下する。血の気のない頬が白く強張《こわば》って、人形のようだった。

「ずっと、ずっと好きだった人がいてるの」

それが誰かすぐにわかった。もっと早く気がつくべきだったのだ。自分の鈍感さを嘲笑《あざわら》いたくなる。

鈍感？　違う、傲慢《ごうまん》だったのだ。驕っていた。自惚《うぬぼ》れていた。

絵梨は湊よりおれを選ぶはずだ。

独り勝手に決め込んでいた。何という驕りだろうか。十代の若さを差し引いても、愚かとしか言いようのない驕りだ。

悠斗も湊も五千を走っていたが、成績にはかなりの開きがあった。湊の走りは重く、無駄な動きが目立った。悠斗から一周遅れでゴールすることもたびたびだったのだ。大会では常に悠斗の控えに甘んじ、裏方の雑事や応援に回っていた。

表舞台でスポットライトを浴びる自分の方が、レースに出場すらできない湊より優れている。そんな不遜《ふそん》や驕慢《きょうまん》が巣食っていた。選手としての実績と人間の価値を混同する愚を犯していた。

絵梨は、おれの中の鼻持ちならない驕りをとっくに見抜いていたのかもしれない。

そう考えることは悠斗の自尊心に手《て》酷《ひど》く堪《こた》えた。絵梨が傍らどころか遥《はる》か遠くに隔たってしまったと認めることは、さらに堪えた。

「そうか、湊とうまくやれよ」

精一杯の強がりを口にして、背を向けたとき、菜珠を思い出した。

ほんまの本気やったらしょうがないね。

何気ない口調やひらひら動いた指先を思い出した。自尊心を守るため、無理にでも笑う痛さをあの少女も味わっていたのではないか。

たった一つの失恋がたくさんの思いを教えてくれる。教えてはくれるけれど、疼《うず》かせもする。いつまでも癒《い》えない傷に似て、行き場を見失った想いが疼き続ける。

悠斗は走ることに集中しようとした。走りにのめり込み、ひたすら練習に精進した。

「悠斗」

練習が終わり、ストレッチで身体をほぐしていたとき、湊に声をかけられた。

「ちょっと話があるんやけど」

「なんや」

汗を拭い、顔を向ける。ペットボトルのスポーツ飲料を飲み干す。絵梨について何か言われるのかと心が構えていた。何も言われたくなかった。手痛い失恋から数か月、悠斗は湊に対する態度を変えないよう努力してきたのだ。三人で帰ることは流石《さすが》にできなかったが、他は以前と変わらず接してきたつもりだ。それが悠斗のぎりぎりのプライドだった。そしてまた、惜しむ気持ちの表れでもあった。意味はまるで違うけれど、湊は絵梨と同様に大切な相手だ。一人を失い、さらにもう一人まで失いたくはなかった。

湊は悠斗がスポーツ飲料を飲み干し、一息吐《つ》くまで黙って立っていた。

「どうしたんや。話って何の話や？」

わざと陽気な口調で湊を促す。もし、絵梨とのことが話題になるのなら、さらに陽気に「もう済んだことやで」ととぼけるつもりだった。

「あのな、悠斗。おまえ、少し飛ばし過ぎやないか」

「え？」

「練習のペース。このごろオーバー気味やなって思うて。ちょっと気になったんや」

ペットボトルを握りしめる。手の中で空になったボトルがくしゃりと潰《つぶ》れた。これを湊の顔面に叩《たた》きつけてやりたい。せり上がってくる凶暴な感情を息を詰めて抑える。

「心配してくれてたんか？　ありがとうよ。けど、自分のペースぐらい自分で調節できるから。大きなお世話やで、湊」

「けど、悠斗……」

「おれ、ちゃんとメニューどおりの練習をこなしてるだけや。監督さんからも別に注意とかされてないし」

「自主練もやっとるやないか。それ、監督さん知らんやろ」

帰宅してからも走っていた。玄関先に荷物を投げ入れ、そのままランニングに出る日もたびたびあった。

「晩飯前のランニングなんて誰でもやってることやし、ずっと前からの習慣や。今さら、監督に報告する必要なんてないやろが」

「前と同じなんか」

「なんやて？」

「前と同じ走り方してるんか？」

スポーツ飲料の味がする唾《つば》を飲み下す。「おまえの言ってる意味がわからねえ。何、からんでるんや」と首を傾げ苦笑いを浮かべるつもりだったけれど、視線は尖《とが》り、湊を睨《ね》め付けていた。そんな眼つきをしてしまう自分にうんざりする。嫌でたまらない。

いつもなら、険のある眼差《まなざ》しにも口調にも敏感に反応する湊が、その日はまるで動ぜず食い下がってきた。

「全然、ちがうやろ。そんな軽い走りやないやろ」

身体を宥《なだ》め、冷まし、鎮《しず》め、明日《あした》に繋げる。そのためのちょっとしたランニング。おまえのやっている走りはそんなものではないだろうと、湊は言葉を突きつけているのだ。

図星だ。

軽いどころではない。がむしゃらに走っていた。部活の練習より激しかったかもしれない。頭の片隅で警報は鳴っていた。だめだ、だめだと理性が呟《つぶや》いていた。けれど、従えなかった。感情が抑制できない。

走れ、走れと、感情が肉体を煽《あお》る。走り続ける肉体が感情を昂《たか》ぶらせる。半ば思考停止になりながら、悠斗は走っていた。

なぜ、湊は気がついたのだろう。一緒に走ったわけでも、道の途中ですれ違ったわけでもない。なぜ、気がついた？

「やめとけや、悠斗。県大会も近いし、無茶なトレーニングなんて害にしかならんぞ。やめとけ」

「うるせえよ」

声が低くなる。喉《のど》の奥にからみつき、掠れてしまう。

湊、煩《うるさ》い。もうこれ以上何も言うな。

湊から眼を逸《そ》らす。立ち去ろうと身体を回す。背中に速い息遣いと真剣な声音がぶつかってきた。

「悠斗、何、焦ってんや」

振り向く。顔から血の気が引いていく。頰の辺りが板のように硬く強張《こわば》る。

「なんやて？」

湊が僅《わず》かに顎《あご》を引いた。両足を踏みしめ、引いたばかりの顎を突き上げる。挑戦的な仕草に見えた。

「今、何て言うたんや、湊」

「焦ってるのかと訊《き》いたんや」

「おれが焦る？　アホなこととぬかすなや。おまえやあるまいし、なんでおれが焦らなあかんのや」

「だから訊いてるんやないか。なんで、そんなに焦ってるんやって」

――ふざけんな。叫ぼうとして声が出なかった。

焦ってる？　おれが焦っている？　湊にはそう見えたのか？　おれは焦っている。

背中が冷えていく。火照《ほて》った身体の上を冷たい汗が流れていく。

「おまえなんかに何がわかる。たかが控えのくせに、偉そうな助言なんかするんやない。ばかやろう」

粗暴で幼稚な詰《なじ》り言葉を口にしていた。湊の顔色が変わる。

「おれはおれのペースでトレーニングをしてるんや。おまえがとやかく口を出すことやないやろが。何様のつもりや」

ものすごく乱暴で稚拙な物言いをしているとわかっていた。しかし、止まらない。乱暴粗暴に稚拙に罵《ののし》っていないと、湊に殴りかかりそうで怖かった。

湊に指摘され、自分でも気がついていたがむしゃらな走りを、悠斗は絵梨のせいだと思おうとしていた。絵梨を忘れるためには、本気の恋を吹っ切るためには、走るしかない。だから、おれは走っているのだ。無茶は承知だ。この想いが落ち着くまで、心が平静を取り戻すまで、走るしかないのだ。そう思おうとしていた。

でも、違う。本当は違うのだ。絵梨は関係ない。

焦っているって？　焦っているって、このおれが？

そうだ、おまえは焦っていると悠斗の耳に囁《ささや》く者がいる。湊ではない。コーチでも監督でもない。悠斗自身の囁きだった。

悠斗は焦っていた。順調に伸びてきた記録がここにきて、ぴたりと動かなくなっていた。いや、むしろ後退している。体調が悪いわけではない。心が乱れてはいたけれど、体調自体は少しも崩れてはいなかった。脚は軽く、フォームにブレはないはずだ。それなのに、ずるずると記録は落ちようとする。必死でがんばって、何とか維持している状態だった。

　スランプの経験はある。何度もある。成績が頭打ちになり、伸び悩む。身体の動きがぎこちなくなり、自分本来の走りを見失う。戸惑いもしたし、悩みもした。けれど、そのつど突き抜けてきたのだ。突き抜け、乗り越えれば、以前より力の増した自分がいる。スランプは次の飛躍に繋がる可能性でもあったのだ。だが、今回は違っていた。まるで手ごたえがない。今までは、目の前に現れた壁だった。乗り越えられる壁だった。どれほど高くても、壁なら越えていける。

　今、悠斗には越えるべき壁が感じられなかった。壁ではなく穴だ。道はそこで途切れ、奈落《ならく》へと消えている。ぽかりと黒い穴が足元に広がっている。踏み出せば、真っ逆さまに落下するだけだ。足が竦《すく》む。為《な》す術《すべ》がつかめない。

　どうすればいい。どうしたらいい。

　焦っていた。確かに、焦っていた。今の成績は、この地方ではトップレベルではある。しかし、全国となると、すでに突出した数字ではなくなっていた。オリンピック？　笑ってしまう。世界など掠りもしないじゃないか。もっと伸びなければ。もっと縮めなければ。もっと強くならなければ。もっと走らなければ。

それができるのか。

また己の声が囁く。

おまえに、それができるのか。目の前にあるのは壁ではない、底無しの穴だ。これ以上、前に進めるのか、悠斗。

耳を塞《ふさ》いでも聞こえてくる。

もしかしたら、ここまでなのか。

胸の中を自分への懐疑が過《よ》ぎる。ランナーとしてのおれは、ここまでしか行けないのか。

限界。

道は途切れ、それ以上進めない。努力ではどうしようもない、ぎりぎりの境。突破しろと他人は言う。自分の限界を突破するのは自分しかいないのだと、言う。正論だ。けれど、本物の限界を、突破しようとして突破できない限界を人は必ず持っている。壁でなく奈落への穴だ。

悠斗は本能的に察してしまった。

もしかしたら、じゃない。おれは、ここまでなんだ。

ここまでが精一杯だった。これ以上、伸びる可能性はないのだ。早熟の才能が他人より先んじて開いたに過ぎない。開ききった花は花弁を落とすしかない。

超一流のアスリートとなる者は、飛翔《ひしょう》のための羽を持つ。壁も穴も飛び越えるための羽が生えている。

自分の背に何もないことを悠斗は悟ったのだ。

炙《あぶ》られるようだった。絵梨に拒まれたときは、疼《うず》いて止まらなかった胸が、今はじりじりと炙られている。

そう、絵梨は関係ない。身の内を炙るのは、限界の前で立ち竦む悠斗自身だ。

「悠斗、あのな」

「もういい」

身を翻《ひるがえ》し、湊から遠ざかる。

もういい。何も聞きたくないし、何も言いたくない。

グラウンドの外れにある部室の前で、ふと振り返ってみる。暮れていくグラウンドの片隅で一つの黒い影となりながら、湊はまだ、佇《たたず》んでいた。

悠斗はトレーニングを止めなかった。さらにがむしゃらに走り続けた。くたくたに疲れてベッドに横たわると、ほんの一時、炙られる苦痛を忘れることができた。

「あんた、だいじょうぶなの。なんで、そんなに無茶苦茶な練習、せなあかんの」

スポーツ全般にまるで疎《うと》い母親にさえ訝《いぶか》しがられ、心配された。

「おい南野、飛ばし過ぎだぞ」

監督に注意され、コーチ役の教諭から練習メニューの変更を言い渡された翌日、悠斗は足をもつれさせて転倒した。部員全員での軽いランニングの途中だった。先頭を走っていた悠斗が転び、その身体につまずいて、数人の部員が折り重なって悠斗の上に倒れこんだ。

男たちの下敷きになり、息が詰まる。右足に鈍い痛みを感じた。そのまま、コーチの車で病院に運ばれ、右足首の打撲と診断された。

「左もやってますね。親指の付け根。どうやら疲労骨折らしい。うーん、こっちはちょっと長引くかも」

シャーカステンに並んだレントゲン写真を指差しながら、初老の整形外科医は眉《まゆ》を顰《ひそ》める。

「疲労骨折、ですか」

「ですね。よくこの状態で走っていたもんだ。慢性的な疼痛《とうつう》があったでしょう」

コーチの眉が医師よりも強く顰められた。

一か月後に迫った県大会、悠斗の出場は当然見送られ、控えの湊が走ることになった。

「運が悪かったな」

「おまえ、がんばり過ぎたんや。今回は休めって天の声やな」

部の仲間たちが口々に慰めてくれる。曖昧《あいまい》な笑みを浮かべて、悠斗は「まあな、自業自得やから」と応じた。泣きたいのか笑いたいのかよくわからない。不甲斐《ふがい》ないと自分を責めているのか、仕方ないと諦《あきら》めているのかも、わからない。感情は混沌《こんとん》として、確かな形にならないのだ。

県大会、輪杏第一高校の成績は全般に振るわず、特に、長距離部門のそれは惨憺《さんたん》たるものとなった。湊は個人的には奮闘し、自己最高の記録を残したが、結果的には八位に過ぎなかったのだ。

悠斗は松葉《まつば》杖《づえ》をつき、スタンドにいた。スタンドからトラック競技を眺めるのは初めてかもしれない。

湊の走る五千の試合。絵梨の姿を見つけた。スタンドの中ほどに座り、祈るように指を組んでいた。ひたむきな眼差《まなざ》しが、トラックを走る一人の男に注がれる。

悠斗は絵梨からも絵梨の眼差しを受けている男からも目を逸《そ》らす。胸はそれほど疼かなかった。

湊が八番目にゴールする。コーチがタオルと水のボトルを持って駆け寄る。湊は身体を折り曲げたまま、しばらく動かなかった。悠斗も動かぬまま、見詰める。

湊の上体がゆっくりと起き、視線が辺りを巡る。絵梨を捜しているのだと思った。走りきったぞと伝えるために、恋人を捜していると。しかし、湊はスタンドを見ようとはしなかった。汗でしとどに濡《ぬ》れた顔を空へと向ける。そして、笑った。薄雲を突き抜けて地に降りて来る光が、その顔を照らす。

満足げな、嬉《うれ》しげな笑顔。

松葉杖が足元に転がった。バランスを崩し、プラスチックのイスに倒れこむ。近くにいた後輩部員が身体を支えてくれた。

「先輩、だいじょうぶですか」

「うん。すまん」

辛うじて答え、軽く手を振って見せた。そのまま、イスに座り込む。タオルを肩にかけ、こちらに背を向けた湊を凝視する。

なんで、あんな笑い方ができるんだ。

八位なのに。平凡な、到底誇れるわけもない成績なのに、あいつ笑いやがった。

胸の奥からじわりと湧いてきたのは、敗北感だった。

あぁ、おれは負けたのだ。とうの昔から、湊に負けていたのだ。おれは湊の半分も走ることが好きではなかった。惨めなレースをするぐらいなら、走らない方がマシだと思ってしまった。

混沌とした感情が成形し始める。安堵《あんど》があった。脚にギプスをはめたとき、もうこれで走らないですむ、走らないですむ言い訳ができたと安堵した。

おれは湊の半分も走ることを愛せなかった。

悠斗が陸上部の監督に退部届を出したのは、二週間後。松葉杖無しでも何とか歩けるようになったころだった。

IV

高校を卒業し、都心の大学に進学した。陸上とはまるで縁のない生活だったけれど、辛《つら》いとは感じない。湊は地元の国立大に進み、走り続けていると聞いた。たまに、連絡がある。「元気にしてるか」「ああ」「こっちは、やけに冷えるんや。そっちはどうや」「うん、寒い。今朝は雪がちらついた」「そうか、やっぱり寒いんや」「日本全国、冬だからな」「はは、ほんまやな」。とりとめのない、会話を交わす。たまに、悠斗から尋ねることがある。「まだ、走ってるんだろ」「うん、走ってるで」「調子、どうだ」「調子はええ」「そうか」「うん」。いつだったか、「じゃあ、またな」と電話を切ろうとした悠斗に湊は珍しく急《せ》いた口調で伝えた。

「悠斗、おれな、フルマラソン、走ってみようと思うねん」

「マラソン、どこで？」

「まだ、わからへん。けど、挑戦してみたい。つーか、何があるんやろって気になってしょうがないんや」

「何があるって？」

「42・195キロ。走ってみたら、何が見えるんやろなって。気になって気になって、知りたくて堪《たま》らんのや」

「そうか……」

知るためには走るしかないよな。おまえは根っからのランナーなんだから。

湊がゴール直後に見せた笑顔が過《よ》ぎる。

電話を切ると、悠斗は夜の街に出た。雑踏の中をぶらぶらと一人、歩きたかったのだ。湊と話をした後、なぜかいつも一人、歩きたくなる。あいつは走っている。では、おれはどうするのだ。あいつが知るために走るなら、おれは何をすればいい？　自問が渦巻く。身の内に渦巻く流れに押されて、都会の夜を歩く。傍らを大勢の人々が通り過ぎる。クリスマスが間近で、賑《にぎ》やかな音楽と派手なイルミネーションが溢《あふ》れていた。何もかもがきらびやかで、華やかで、安っぽい。

おい、悠斗。

呼ばれた。足を止め、辺りを見回す。後ろから来た中年の男が、「こんなところで立ち止まるな、ばかやろうが」と悪態をつき、横をすり抜けて行く。

誰かに呼ばれた。空耳か。でも……。

もう一度、視線を巡らせてみる。ほんの一瞬だが、自分を取り巻く世界がモノクロに見えた。白黒の風景の中に鮮やかな紅が走る。ただ一本の紅の線。瞬《まばた》きすると、色彩が戻ってきた。

大手の損保会社のビルとフレンチレストランに挟まれ、小体《こてい》なスポーツ用品店があった。小体だけれどくすんだ感じはしない。磨き上げられたショーウィンドーには、マラソン用のレーシングウェアとスキーウェアをそれぞれ身に着けた二体のマネキンが並んでいた。向かって右側、白いノースリーブシャツと濃灰色のスリークォータータイツ姿のマネキンの足元に、それは置かれていた。透明なプラスチックの板に踵《かかと》を載せ、こちらを向いている。

一足のランニングシューズだった。

白いアッパーの上に紅色の線。つま先部分も紅く縁取られている。つられるように店の中に入っていた。

「いらっしゃいませ」

若い女性が丁重なお辞儀をしてくれる。店員なのだろうか、薄鼠《うすねず》色のベストに同系色のスカートといった地味な身なりだ。

「すいません。あのシューズを見せていただけませんか。ショーウィンドーに飾ってあるランニングシューズです」

「かしこまりました。少々、お待ちください」

女性は慣れた手つきで、マネキンの足元からシューズを取り出し、悠斗に手渡してくれた。

軽い。

手のひらに載ったシューズの軽さに驚く。見た目よりずっと軽い。それなのに、しっかりとした安定性が伝わってくる。機能的で美しい履物《はきもの》だった。

見惚《みほ》れてしまう。

「それは、長距離用の新しいレーシングモデルになるんです」

女性が控え目な口調で説明してくれた。

「レーシングシューズ、ですか」

「はい。軽量性と安定性、耐久性を考慮して作られたものなんですよ。従来のものより、大幅に改良されております。あ、どうぞ、お試しになってください」

「え？　あっ、いや、いいです」

「ご遠慮なさらなくていいですよ。お客さま、長距離選手でいらっしゃるんでしょ。お買い上げにならなくてもよろしいですから、どうぞ、是非お試しになってみてください」

「は？　いや、違います」

「違う？」

「おれは、長距離選手じゃないので」

「あら。それは、失礼いたしました。レーシングシューズにとても関心がおありなようだったので、つい、申し訳ございません」

「そんな風に見えましたか？」

女性は悠斗を見上げ、頷《うなず》いた。

「ええ、見えました。とても真剣に見詰めていらっしゃいましたから、てっきり、走られる方だとばかり思ってしまいました。ランナーの方はよくそんな眼でシューズを見詰めますからね」

笑うと眼の辺りが絵梨に似ているみたいだ。悠斗はシューズを持ち上げ、照明にかざしてみた。

美しい、確かに美しい。レーシングシューズって、こんなにも綺麗《きれい》なものだったんだ。

シューズの上に湊の笑みが重なる。

余分なものを一切含まない美しさ、真っ直ぐにこちらを射貫《いぬ》くような美は、人にもシューズにも同じようにあるのだ。

そんなことを思った。今、手の中にあるシューズが無性に欲しかった。履いて走るためではなく、眺めるために欲しい。何でそんなことを思うんだと自分で自分がおかしかったけれど、我慢できなかった。ニューモデルのレーシングシューズだ。学生の悠斗には、かなりの負担になる値段ではあった。それでも躊躇《ちゅうちょ》しなかった。

店員の女性が丁寧に梱包《こんぽう》し、洒落《しゃれ》た色合いの紙袋に入れてくれたシューズを提げ、店を出た。クリスマス間近の都会の寒風がぶつかってくる。道行く人が一斉に身を縮めた。

手のひらに伝わる、僅《わず》かなシューズの重さを感じながら、悠斗は再び歩き始めた。大学卒業後、そのレーシングシューズを開発、製造したメーカーを第一希望の就職先としたのは、悠斗にとって自然な選択だった。

これほどのシューズがどうやって生まれてきたのか、知りたい。湊、おれにも知りたいものがちゃんとあったよ。

就職が正式に決まったら、久々に湊に電話をかけてみよう。そう考えていた矢先、母から連絡があった。

「悠斗、絵梨ちゃんが亡くなったんやて」

「え……」

「絵梨ちゃん。北村さんとこの。あんた、仲が良かったやろ」

「おふくろ……何を言うてる」

「事故やったって。絵梨ちゃん……道路に飛び出したそうやで。それでな、お通夜が今日で、明日《あした》が葬儀で……悠斗、聞いてる？」

受話器を握ったまま、壁にもたれる。本箱の上にあるレーシングシューズに目がいった。同時に、夕焼け色に染まった絵梨の小さな顔が浮かび上がってくる。久しく忘れていた顔だ。

湊……。

湊と絵梨は、学部こそ違うが同じ大学に進んだ。卒業したら結婚する予定だったはずだ。

「幼稚園のときから一緒やし、腐れ縁だよな。しゃーないわ」

「その一言、絵梨にばれたら、どやされるぞ。おれ、チクってやろうかな」

「悠斗、おれを裏切る気かよ」

「おまえぐらい、なんぼでも裏切るわい」

そんな会話を、お互い購入したばかりの携帯電話でやりとりした。絵梨の話題は、もうほとんど胸を疼《うず》かせることもなく、凪《な》いだままの心にほっとしたのを覚えている。

あれは、いつだ？　ほんの二、三週間前じゃなかったか？なんで、おふくろは絵梨の葬式の話なんかしてるんだ？

シューズを見詰める。涙は出てこない。悲しくもない。自分が空洞になったようだ。母の声が意味不明のまま響いていた。

葬儀の日、空は晴れわたっていた。逝った者を悼むには晴れやか過ぎる空だった。

「おれが呼んだんや」

湊が言った。セレモニーホールの一室、パイプ椅子に腰掛けたまま呻《うめ》くように言った。

「道の向こう側から、おれがあいつを呼んだ。二人で、結婚式の式場を下見に行く約束をしていて……おれが遅れて……三十分ぐらいも遅れてしもうて……あいつ、かなり焦ってたんやろな。おれが呼んだら、ほっとしたみたいな顔して……道を渡ろうしたんや」

信号もない一方通行の細道だった。かなりのスピードで走ってきた小型トラックの前に絵梨は飛び出し、湊の眼前で車輪の下敷きになった。そして、病院に搬送されて二時間後に息を引き取った。

「湊……」

うな垂れたまま、顔を上げようとしない男に掛けるどんな言葉があるだろう。数珠《じゅず》を握り締め、悠斗はかろうじて、

「おまえのせいやない」

と一言だけ口にした。聞こえなかったのか、聞こえても無意味だったのか、湊は僅

かも動かなかった。

それっきり、湊の音信は途絶えたのだ。故郷の街からも、大学からも、消えた。少なくとも悠斗とは一切の連絡を絶ったまま、八年近い年月が過ぎていた。その八年は、悠斗にとってもうねりの時間だった。佐伯慶介という希代の職人に出会い、その下で働いてきた。学ぶものはあまりに多く、多岐に及んでいる。スポーツするための靴を作る。それだけのことが、無限の広さと深さを持つ。進んでも、進んでもゴールは見えない。あまりに偉大な先駆者に食らいついていくだけで精一杯だった。

信じられないほどの速さで、時は流れていったのだ。

「ランナーに、走るためのシューズを作る。それがどういうことか考えてみろ。ずっと、考え続けるんや。おまえなりの答えが出たら、おれに言え」

佐伯の下で働き始めてすぐ、そう言われた。

ランナーに、走るためのシューズを作る。

それがどういうことなのか、まだ、答えは摑《つか》めていない。考えても考えても、摑めない。

瞬く間に過ぎていった八年。

「悠斗、携帯番号、昔のまんまなんだな」

湊の声を聞いた。声が、おれはもう一度、走るのだと告げてきた。

42・195キロ。望み続けた距離を走るのだと。

八年ぶりに会った湊は少し痩《や》せて、精悍《せいかん》になっていた。走り込んだ肉体だと一目で知れた。

「まずはおまえの走りを見せてもらおうか。それから、きっちり測定させてもらうからな」

光沢のある灰褐色の外壁をもつ建物を見上げ、湊は小さく溜《た》め息《いき》を吐いた。

「ここが、悠斗の職場か」

「そうや。スポーツ工学の研究所でもあるんや。人工気象室での計測実験なんかもできるようになってる」

「へえ、すごいんやな」

湊は首を傾げ、ほんの少し笑った。

「けど、悠斗」

「なんや」

「なんで、おれをここに呼んだんや」

「電話で言うたろ。東京マラソンをおれの作ったレーシングシューズで走ってもらいたいって。そのためには、おまえの足を測定せなあかん。わざわざ、出向いてもろうたのはそのためや。ここには、最新式の測定機器が揃ってるし」

「そうやなくて」

湊がかぶりを振り、悠斗の言葉を遮る。

「おれは、ごく普通の、一般ランナーとして走るんや。そんなのに、わざわざ特注シューズを作ってくれるなんて」

今度は悠斗が首を振った。

「おれが作りたいんや。おれの作ったシューズでおまえに走ってもらいたい。心底、そう思うてる。おれは、おまえを励まそうとか、応援したいとか考えたこと一度もない。本物のランナーにおれのシューズを使って欲しい。それだけなんや」

湊の喉仏《のどぼとけ》が上下する。

「おまえはランナーで、おれは職人や。だから、おれはおまえのための靴を作る。東京と戦えるだけのシューズを作ったるからな」

この八年、湊が何をしていたか知らない。どんな生活をしていたか、どれほどの喪失にどのように耐えたのか、どのように生き延びてきたか。何も知らない。知らなくていいのだ。

この男は走ることに帰ってきた。ランナーであり続ける道を選んだのだ。

それだけを知っていれば十分だ。

ふいに、激しい情動に襲われた。歓喜の情が身体を押し上げる。

おれのシューズがこいつと一緒に走る。

こいつと一緒に東京を貫くのだ。

息が詰まるような気がする。身体を屈《かが》め、咳《せ》き込んでいた。

「悠斗、どうした？　だいじょうぶか？」

湊が心配げに眉《まゆ》を寄せ、覗《のぞ》き込んでくる。

悠斗はその背中を叩《たた》き、行こうぜと促した。

白い花弁が目の前を流れる。

やはり桜だ。どこかに桜が咲いている。

もう一度、時間を確認する。

午前九時十分。

スタートだ。今、ランナーたちは解き放たれた。

胸の上を叩いてみる。さっき未練気に疼《うず》いたそこはしんと鎮まっていた。これからも、こうやって揺れながら生きていくのだろう。

佐伯さん、おれ、やっぱり中途半端ですね。到底、あなたには追いつけない。それでも、少しはわかりました。身を貫く歓びを少しはわかりましたよ。

少しずつ、わかっていきます。それしかないですから。

悠斗は歩いた。有明《ありあけ》コロシアム前の坂を越える。

東京ビッグサイトが見えた。

フィニッシュ・ゲート。

そこで待つ。

東京を走りきったランナーとシューズをそこで迎えるのだ。

顔を上げる。太陽の光を全身で受け止める。

ここにも花の香が漂っていた。

桃の花は

桃畑で迷子になったことがある。

幾つのときだか、わからない。

空がすごく高かったのを覚えている。

三つか四つか……きっと、それ以上の年齢ではなかったはずだ。

空は高く、蒼《あお》かった。あまりに蒼過ぎて、碧《みどり》がかってさえ見えた。今なら蒼穹《そうきゅう》という言葉を知っている。碧空《へきくう》という言葉も知っている。

あのときはまだ、知らなかった。

わたしは桃畑で迷子になったあのときの、空を言い表すどんな言葉も持っていなかったのだ。いや、たとえ、蒼穹という碧空という言葉を知っていたとしても、口にはしなかっただろう。

空は蒼いだけではなかったのだ。

わたしが見上げた空は、淡い紅《あか》色の塊に四方を囲まれていた。塊は風が吹く度に音も無く揺れて、揺れる度に揺れているのは塊ではなく、空でありわたし自身であるような錯覚に、わたしを陥れた。

桃の花だ。

満開の桃の花が揺れている。

ふっと視線を感じた。優しい眼差《まなざ》しを感じた。

誰かが見ている？

いいえ、ここには誰もいない。

わたしは一人だった。

頭上には空と桃の花群れだけがあった。目に映るのは蒼と薄紅色だけだった。

ただ、それだけだった。

今度は気配を感じた。人の気配だ。

振り向く。

女の人が立っていた。

白い上着に薄茶色のコットンパンツを穿《は》いていた。

わたしをじっと見詰めながら、ゆっくりと手招きした。その手の動きは桃枝の揺れとぴたりと一致していた。

女の人がわたしを呼んでいる。

風が止むと、花に集まる蜂の羽音に気が付いた。あちらからもこちらからも聞こえてくる。わたしは、息を吸い込んだ。淡いくせに絡みついてくる甘い香りを思いっきり吸い込んでみた。

耳は蜂の羽音で、胸は桃の香りで満たされる。

女の人はもうどこにも、いなかった。


「なに、それってカンペキ、ホラーじゃない」

那留《なる》が僅《わず》かに身を引いた。

「ホラー？　どこがホラーなのよ」

美枝《みえ》はコーヒーカップを置いて、今月二十一になったばかりの若い男を見詰めた。

「ホラーでしょ。桃の畑で迷子になった女の子が、長い髪の女の人においでおいでをされて、そのまま、行方不明になっちゃって、何年か後に死体で発見される。何年か後、だぜ。なのに、そのままなわけ。行方不明になったときのまま。でもって、その桃畑に花が咲くころ、女の子が現れて手招きするわけ。おいで、おいでって」

那留が水をかくように手を動かす。

「那留くん」

美枝はわざとらしくため息を吐いて見せた。那留と話していると一時間に二度や三度は、ため息を吐いている。

「幽霊になった女の子じゃなくて、わたしの話をしてるの。わたしは行方不明にもならなくて、死にもしなくて、こうして生きてます」

生きている。来月には三十一になる。目の前に座っている若者とはちょうど十の開きがある。

二十一歳の男とは十の違い、

四十三の男とは十二歳の違い、

そんな年齢だ。

「美枝さんは生きてるさ。死なれたら困るもの」

「誰が」

「おれに決まってんでしょ」

「そうなの」

「当たり前でしょ。どうして、そんなことわざわざ訊《き》くかなあ」

那留は唇を尖《とが》らせて、ぷいっと横を向く。

すねた子どもの仕草だ。

若いというより、幼く感じてしまう。

その感情がときには苛立《いらだ》ちにかわり、ときには愛《いと》しさに変じる。どういう加減でそうなるのか、自分のことなのに摑《つか》めない。摑めないまま、那留の仕草がときに苛立たしく、ときに愛しい。一回り年上の男の所作や物言いがときに好ましく、ときに腹立たしいのと、よく似ている。人の心とはなんともヘンテコで曖昧《あいまい》だ。

笑えるし、泣ける。

今は少し苛立っていた。

那留の横顔に、「ほんと子どもだね」と罵声《ばせい》とまではいかない細《ささ》やかに尖った声を投げつけてみたい。

子どもだね。

那留が最も嫌がる一言だった。

子どもだね。子どもなんだから。子どもみたいじゃない。子どもっぽすぎるよ。まだ、子どものつもりなの。

美枝がわざと、あるいはうっかり口にする度に、那留は面《おもて》を引き締めた。身体のどこかで疼《うず》く痛みを懸命に堪《こら》えている、そんな顔つきになるのだ。

それは、とても美しい表情だった。どう美しいのか上手《うま》く説明できないけれど、美しい。桃の花群れに区切られていた空と、空を区切っていた桃の花群れと、両方を思い浮かべてしまう。幼いころの思い出をつい口に出したのも、那留が面を引き締めたからかもしれない。

子どもだね、とは、言わなかった。若いねと言ったのだ。

喫茶店の窓際の席に向かい合って座り、とりとめないおしゃべりをしているとき、那留が二杯目のコーラフロートを注文した。

「やっぱり、那留くん、若いね」

何気なくそう言ったのだ。他意などなかった。コーラにアイスクリームを浮かべた飲料を春の初め、まだ厚手の上着が手放せない時季に二杯も飲める。それは若さの確かな証《あかし》と、思っただけだ。

揶揄《やゆ》したわけではない。詰《なじ》ったつもりもまったくなかった。それなのに、那留はとたん表情を引き締め、口元を結んだ。

あっ、きれいだな。

強く感じた。一瞬波立った胸内を見透かされたくなくて、慌てて目を伏せた。コーヒーをすする。砂糖を入れないコーヒーはほろ苦く、温かだった。

「それ、子どもだって意味？」

那留の声が少しだけ険しくなる。その声音は硬く張り詰めた顔つきに、よく似合っていた。

「違うわよ。若いと子どもはイコールじゃないでしょ。アイスクリームと冷えたコーラの取り合わせなんて、わたしには飲めないなって考えただけ」

この前、コーラフロートを注文したのはいつだったろう。思い出せないぐらい昔じゃないだろうか。

「美枝さんはいつもそうやって、見せつけるんだよな」

険しい口調のまま言い捨てて、那留はストローで半ば融《と》けたアイスクリームをつついた。

「見せつけるって？」

「おれとの年の差。おまえはまだ、小僧っ子だぞって言われてる感じがモロにする。まぁ、ひがみかもしんないけど」

「ひがみ？　那留くん、自分が若いってことをひがんでるの」

「まあね。普段は別に何とも感じないけどさ、なんか、美枝さんといると、つい、ひがんじゃうんだよな。どうせ、おれ、まだ若造だしみたいな」

若さがひがみの因《もと》になるなんて考えもしなかった。

那留とはいつも微妙にずれている。何を考えているか、何を思っているか、何を欲しているか、よくわからない。若さは透明な水に似ている。さらさらと音もなく流れてしまう。指の間に確かにあるのに、決して摑めない。

美枝が失おうとしているものを那留はまだたっぷりと持っている。

誇りこそすれ、ひがむようなものじゃないだろう。

言い返そうとしたけれど止めた。

那留が美しかったからだ。

「ひがんでいる」そんな卑下の台詞《せりふ》を口にしてなお美しいのは、若さ故だろうか。那留だけの特性なのだろうか。

ふっと心を誘われてしまう。そのせいなのか、桃畑の話をしてしまった。今まで誰にも話したことのない思い出をほろりと零《こぼ》してしまった。

「誰だったわけ？」

唐突に尋ねられ、美枝は飲み干そうと持ち上げたコーヒーカップを皿の上に戻した。

「誰って？」

「その、おいでおいでをしていた女の人、誰だったわけ」

「さぁ、誰だったかしら。覚えてないな」

嘘だった。その女が誰なのか、知っている。嘘をつくとそれがどんなに小さなものであっても、心が疼く。細い針を浅く突き刺したような痛みが走る。そのくせ、小さな嘘を重ねて生きる自分がいるのだ。

「美枝さんの田舎って桃畑があるんだ」

また唐突に尋ねられた。

「あるよ。山の麓《ふもと》にずっと広がってるの」

「ふーん、じゃあ、桃の花を知ってるんだ」

「知ってるわ。桜よりずっと濃いピンク色をしてるの。花の盛りのころはとてもきれいよ。遠くから見ると、薄紅色の雲が裾野《すその》にかかっているみたいに見えて。香りも優しいし。見たこと、ない？」

返事のかわりに曖昧な笑みが返ってきた。

「そっかあ、美枝さんの故郷、行ってみたいな。桃が咲くのって……」

那留が空に視線を漂わせる。

「桜と同じくらい。四月の初めかな」

若い視線に誑《たぶら》かされたわけではないが、つい、さらりと答えてしまった。

「四月、もうすぐだな。大学、ちょうど休みだし」

那留が身を乗り出して来る。

「行ってみようかな、美枝さんの故郷までの春旅行」

「嫌よ」

今度は美枝が横を向き、男の視線から逃れた。

「どうして？」

「故郷なんて帰りたくないもの」

そう答え、身構える。「なんで？」と重ねて問われるかと思ったのだ。そうしたら、「そんなこと、那留くんに言う必要ないでしょ」とぴしゃりと言い切ろう。

那留は気を悪くするかもしれない。気分を害し、イスから立ち上がり、美枝に背を向けるかもしれない。一度も振り返らないまま店を出て行き二度と連絡をしてこないかもしれない。

それでも、いいか。

それでも、仕方ないか。

胸の内だけでため息を吐き、コーヒーを飲み干す。

もともと、成り立たない恋なのだ。恋と呼べるほどの関係ではないような気もする。かといって、遊びではない。十も年下の男と遊びで付き合えるほど、美枝は暇ではなかった。

地方都市とはいえ、百万近い人口を有する街で美容室を経営している。景気の動向に左右されながらも、五年前にオープンした店はまずまずの順調ぶりで、当初美枝を含め三人だったスタッフは、今、倍の六人になっていた。馴染《なじ》みの客、固定客も徐々に増え、白と茶褐色に統一した店内はいつも静かな活気に満ちていた。

結婚はしない。

一人で生きて行く。

十代のときそう決め、決めたことを実行するために美容師の道を選んだ。二十五で独立してから六年になる。

よく、ここまで駆けてきたものだ。

スタッフが帰った無人の店内を見回し、つくづく思う。思うと、ここまで駆けてきた自分が誇らしく感じる。その反面、またひどく老けたような気もして、少しせつない。誇らしい、せつない、そして安堵《あんど》する。

一人で生きていける基ができたんだ。わたしは、自分の手でその基を作ったんだ。

よくやった。よくやった。

自分で自分を褒めてやる。

よくやったよ。美枝。

那留は客の一人だった。店の近くにある国立大学の学生で一年ほど前、ふらりと店に入ってきた。

「さっぱりしたいんですけど、頼めますか」

それが第一声だった。

いかにも今風の若者らしいさらさらした髪が耳を隠すぐらい伸びていた。

「さっぱりってどのように、いたしましょうか」

新規の客はまず美枝が対応する。客の話をじっくり聞き、相応《ふさわ》しいスタッフを指名するようにしていた。

「思いきって切っちゃってください。角刈り一歩手前、みたいな感じでいいっす」

「え？ 角刈りですか」

「だめですか。やっぱ、そういうの散髪屋なのかな」

「いえ。うちでもさせてはいただきますが、お客さまの場合、少し長めの方がお似合いだと思いまして」

髪の質だけでなく、那留は今風の顎《あご》の尖《とが》った小さな顔をしていた。どう見ても角刈りが似合う容姿ではない。

「そうですか。けどなぁ……」

「角刈りに拘《こだわ》りがあるんですか」

「いやあ。失恋しちゃったので。さっぱりとイメチェンしたくて。だとしたら、ちょん髷《まげ》か角刈りかなって。さすがにちょん髷はきついもんで」

「まっ」

噴き出してしまった。

なんて愉快な子なのかしら。

「このごろは男の人でも失恋したら髪形、変えるんですね」

「いや、失恋は口実です。この店、何か感じいいから前から来てみたかったんですけど。でも、何か、きっかけがないと美容室って入りづらくて」

「まあ、それはどうも。失恋しなくてもぜひ、おこしください。それと、髪形ってご自身に似合いのものにするのが一番のイメチェンになりますよ。お客さまの場合、前髪を短くして、毛先を軽くするとずい分印象、変わるんじゃないかしら」

「変わるかな」

「ええ。変わります。わたしが保証しますから」

「へぇ、なんかもうそれだけで自信がついてきた。じゃあ、よろしくお願いします」

「はい。お任せください」

そんな会話を交わした。

美容師と客との会話だった。それ以上でも以下でもない。結局、その日、那留のカットは美枝が担当した。夏に向けて、毛先を削《そ》って軽やかなイメージを作る髪形を考案したかったのだ。髪の質といい顔形といい、那留は願っても無い練習台だった。無料でいいというカット代を那留はきっちり払って帰った。

「すげえ印象、変わりました。感謝です」

そんな言葉を残して。

それから二月か三月に一度、客として通うようになり、那留が来れば必ず美枝が対応するようになった。

あのままだと馴染みの客と担当の美容師、それだけに過ぎなかったろう。那留は大学を卒業し社会人となり、この街を離れて行ったかもしれない。

「おれ、何とか卒業できそうです。就職も決まって東京に行くことになりました」

「まぁ、それはおめでとうございます。よかったね」

「ええ、まあ。でも、ここでカットしてもらうのも、今日が最後になるのかなあ。そう考えると、何か淋《さび》しいです」

「ほんとね。けど、最後なんて言わないで、また機会があったらぜひ寄ってください。待ってますよ」

そんな会話を交わし、「さようなら」、「お元気で」と別れ、互いに思い出すことも無いまま年を経たに違いないのだ。

あのままだったら。

駅の構内でばったり出くわしさえしなければ。

二か月前、駅の構内を急ぎ足で歩いていた。前から来た誰かにぶつかりそうになり、慌てて避《よ》ける。そのとき、声を掛けられた。

「あれ、藤内《ふじうち》さんじゃないですか」

「え？　あら、江上《えがみ》さん」

那留が目の前に立っていた。首を傾げ、問うてくる。

「藤内さん、今日はお店、休みですか」

「ええ。第三日曜日だから定休日です」

「お洒落《しゃれ》してますね」

美枝は薄紫のワンピースを着て、同系色のショールを肩に掛けていた。

「知人の結婚式だったの。美容師同士の結婚式で」

「あぁ、だから第三日曜日なんだ」

「江上さんは？」

「これからバイト。駅前の居酒屋で週四、働いてるんで」

「週四も。たいへんですね」

「苦学生っすからね」

那留が笑う。美枝は笑えなかった。どうしても笑えない。頬が強張《こわば》って上手《うま》く持ち上がらない。

明彦《あきひこ》と別れてきたばかりだった。

四年間、恋人だった男だ。

店を建てたときの担当建築士で、実に適切な助言や忠告をくれた。店がオープンした当初から流行《はや》ったのは、むろん、美枝の技術の確かさや接待の巧《うま》さによるのだが、窓を大きくとり陽光をふんだんに取り入れた店の造りが開放的で好ましいと評判になったおかげでもある。自分の専門分野だけでなく、経営者としての心構えからローンの返済方法まで明彦はなにくれとなく相談にのってくれた。

美枝にとっては気の遠くなるような巨額な借金をし、全財産をはたいて店を出す。失敗すれば、無一文どころか、ローンだけが残るのだ。不安に苛《さいな》まれ、眠れぬ夜が続く。

明彦と話していると、その不安が少しずつ薄れて行く気がした。

適切な助言と忠告と支えてくれる控え目な言葉たち。

気がつけば、一回り年上の、家庭のある男にのめり込んでいた。

結婚願望はない。

明彦が妻と二人の子を捨てられないのも、捨てる気がないのも承知の上での関係だった。

いずれは終わりになる覚悟をしての関係でもあった。

「美枝はほんとうに、さっぱりしてるな。その髪形みたいだ」

いつだったか、言われたことがある。当時、美枝は栗色に染めたショートボブだった。

「何にも拘らないんだな」

「そんなことないわ。自分の店にはあれほど拘ったじゃない。それは、あなたが一番よく知っているでしょ」

「物でなく人にだよ。美枝は人に拘ろうとしない。それが、すごいと思うし、少し淋しくもあるな」

ほんとうに淋しげな笑みを明彦は浮かべていた。

狡《ずる》いと思った。

美枝が人に拘り、あなたがどうしても欲しいのだと望めば、明彦は困惑し、狼狽《ろうばい》するに違いないのだ。家庭を壊す気の無い男にとって、恋人にさえ拘ろうとしない女は何より都合がいいはずだ。

それを淋しいと言う。

四十男の狡さだ。

それでも、愛していた。狡さも小心さも優しさも聡明《そうめい》さも何もかも含めて、明彦を愛していた。

ずっとこのままの関係で、構わない。

そう思っていた。

けれど、見てしまったのだ。父親としての明彦の姿を。

偶然だった。

知人の結婚式の帰り、うららかな日差しに誘われて式場近くの公園に足を伸ばした。

そこに、明彦がいたのだ。妻だろうほっそりした美しい女性と五、六歳ぐらいの男の子、もう二つ三つ年嵩《としかさ》の少女と四人で木陰に座っていた。キャッチボールでもしていたのかベンチの上にグラブとボールが置いてあった。

「パパ」

と少女が明彦の腕を摑《つか》み、引っ張った。

「あたしね、連続逆上がりできるの。見て」

「ほぉ逆上がりだけじゃなくて、連続か。すごいな。どれどれ」

「ぼくもできる。できるよ」

「明伸《あきのぶ》はまだ無理でしょ。お姉ちゃんとパパに教えてもらいなさい」

「ママ、逆上がりできるの」

「ママは無理に決まってるだろう」

「ちょっと、あなた。それどういう意味。失礼しちゃうわね」

「ママ、できるの」

「え？　あ、えっと、うーん、やっぱり無理。ごめんなさい」

明彦が声を上げて笑う。女性もまた笑っていた。男の子が少女が笑っていた。それぞれの声が絡まり合って、美枝のもとに届いてくる。

いたたまれなかった。

身を翻し、駅へと向かう。

もうだめだと思った。

もうこれ以上、続かないと。

明彦が良い父親だと知ったからではない。家族の団欒《だんらん》を目の当たりにしたからでもない。

明彦が美枝とは無縁の世界の住人なのだと思い知ったからだ。

美枝には生まれたときから父がいなかった。どうしていないのか、母は語らなかった。まだ存命だけれど、おそらく死ぬまで秘しておくつもりなのだろう。

母もまた父のいない子だった。

美枝は家庭というものも、家族と呼ばれる人たちも知らずに育った。明彦たちのように家族で笑い合うことも、遊ぶことも、顔を見合わせることも知らずに育った。おそらく明彦の日常にずっとずっと存在していたものに美枝は触れることさえできなかったのだ。

明彦と美枝の世界は異質、別のものだった。

もうだめだ。

もうこれ以上、続かない。

無理をして無理をして、さらに無理を重ねたとしてもいつか亀裂《きれつ》が走る。崩れ去ってしまう。

駅まで走り、息を弾ませながら携帯電話を取り出す。

美枝です。

もう二度と、逢《あ》わないことにしましょう。

いいかげん疲れちゃった。これ以上、あなたといると何もかも奥さんに告白しちゃうかも。

そういうの、嫌でしょ。わたし、ちゃんと結婚できる人、見つけるつもり。長い間、ありがとう。さようなら。

簡単な嘘だらけのメールを送った。

さようなら。

そこだけが真実だった。

明彦からの返信は来なかった。待っていたわけではないと自分に言い聞かせたけれど、心のどこかが火傷《やけど》を負ったように疼《うず》いた。ずくりずくりと不快に疼いた。

明彦は美枝の拙《つたな》い嘘など簡単に見抜いただろう。見抜いた上で、騙《だま》された振りをして「さようなら」と呟《つぶや》いただろう。

狡い男だ。

そして、男の狡さをも愛したのは美枝自身だった。

さようなら、か。

自分で声に出してみる。

「さようなら、明彦」

不快な疼きが少しだけ和らぐ。和らいだ分、軽くなる。

携帯をバッグに仕舞い、降り立った駅で那留と出逢《であ》った。他愛ない挨拶《あいさつ》と会話を交わし、それではと去ろうとしたとき、那留が声を掛けてきた。

「藤内さん、お茶飲む時間、ありませんか」

そのとき、なぜ頷《うなず》いたのか、なぜ拒まなかったのかわからない。たぶん、那留の眼が真剣で、真剣なものだけが放つ光がきれいだったからだろう。それから週に一、二度、逢うようになった。美枝の仕事が片付いた後や那留のバイトが終わった深夜に、ちょっとしたバーで飲むこともあった。

けれど、那留と明彦は違う。まるで違う。

明彦とは、完全に男と女の関係だった。明彦の唇も指も肌の感触も美枝の身体が覚えている。心が忘れても肉体が記憶し続けるのではないかとさえ、思う。

那留とは寝ていない。キスさえしていなかった。

年の差のせいではないはずだ。寝るだけなら、高校生とでも寝られる。那留としゃべっていると楽しくて、それだけでいいかと思ってしまうのだ。

とりとめなく、他愛なく、交わし合う言葉が楽しい。それで十分だ。どうせ、一人で生きて死んでいくのだ。束の間、楽しければ、刹那《せつな》、満たされていればそれでいい。

那留は聞き上手な相手だった。それでつい、饒舌《じょうぜつ》になる。

今日も、古い古い話をしてしまった。胸の奥に仕舞って封印していた過去をしゃべってしまった。


　わたしね、桃畑で迷子になったことがあるの。

幾つのときだか、忘れたけれど、空がとっても蒼《あお》くて、桃の花がその空を区切っていたのは覚えているの。ええ、四方から縁取りのように空を区切っていたっけ。


「帰ろうよ」

　ぼそりと那留が呟いた。

「え、だって、まだコーラ残ってるじゃない」

「美枝さんの故郷の街のことだよ。一度、帰ろうよ」

「嫌だって言ったでしょ。帰ったって、親戚《しんせき》も知り合いも誰もいないんだから」

「おれに桃の花を見せてくれない」

那留が身を乗り出す。

「美枝さんの故郷の桃の花が見たい。香りを嗅《か》いでみたい」

「桃園なら、どこにでもあるでしょ」

「観光農園なんかじゃないよ。美枝さんの故郷の桃って言ったでしょ」

「どうしてよ」

「どうしても」

美枝は顎《あご》を引き、那留を見詰めた。

なぜに那留がこうまで執拗《しつよう》なのか、解せない。那留は何事にも淡泊だった。あっさり諦《あきら》めることを知っていた。草食系とはこういう若者のことなのかと、妙に納得したことが何度かある。明彦がぎらついていたわけではないけれど、那留と比べればずっと貪欲《どんよく》だった。

「帰ろうよ。ちょうど桃の花の盛りに帰ってみよう」

「いいかげんにして」

叫んでいた。ちょうど横を通っていたウェイトレスが足を止め、ちらりと美枝を見た。

「いいかげんにしてよ、那留くん。あなたに何がわかるの。いいわ、教えてあげる。わたしね、母に捨てられたのよ。桃畑の真ん中に置き去りにされたの。母は、まだ小さかったわたしをもてあまして、桃畑に捨てたのよ」

那留が息を詰める。こくりと息を呑《の》み下し、さらに見詰める。唇が動き、低い声が漏れた。

「だけど、迎えに来てくれたんでしょ」

「え?」

「おいでおいでって呼んでくれたの、お母さんじゃないの」

「……違うわ。白い上着を着て立っていたのは母だけれど……母はさよならって手を振ったの。横に振ったの。さようならって……」

胸が詰まった。

涙が溢《あふ》れそうになる。

「わたしは桃畑で迷子になった。そりゃあそうでしょ。親に見捨てられたんだもの、迷い子にもなるわよね。それからは、親戚や知り合いの人の家を転々として大きくなったの」

「お母さんとは逢わないままで」

「逢ってないわ。逢いたいとも思わない」

「今、どこにいるの。お母さん」

「病院よ。もう長くないらしいわ。親戚の人がこの前、連絡くれた」

「じゃあ、今、逢わないと二度と逢えなくなる」

「いいのよ。子を捨てた母親なんだから。母親としての資格なんかないんだから。一人で死んでいくのが当然なんだから」

「美枝さん」

那留がさらに身を乗り出す。息がかかるほど顔を寄せてくる。

「美枝さんの信じていることって真実？　本当に、お母さんは美枝さんを捨てたの？　本当に？　それって、誰に聞いたの？」

「誰って……それは、親戚のおばさんだけど」

「その人の言うこと、信用できる？　真実を伝えてくれたと信じられる？　美枝さんは、本当のこと知っているの？」

　畳みかけられ黙りこむ。

美枝、おまえの母親はな、おまえを捨てて新しい男のところに行ったのや。おまえが邪魔やから、桃畑に置き去りにしてな。

そう耳元で囁《ささや》いたのは誰だったろう。久美子《くみこ》おばさん？　康子《やすこ》おばちゃん？　光江《みつえ》おばさん？　誰だったろう。

本当？

嘘だなんて思ってもいなかった。嘘だなんて。

「ね、行こうよ。桃畑に帰ってみよう」

那留がそっと腕を摑《つか》む。

ふっと淡い芳香を嗅いだ。

桃は間もなく花の盛りを迎えようとしていた。薄紅色の花弁が重なり合っている。それなのに花色は少しも濃くならず、淡いままだった。蜂の羽音が聞こえる。木の根元には黄色いタンポポが咲き乱れていた。

空を見上げる。

蒼く高く、美しかった。花群れが視界の半分を覆っている。あの日とよく似ている。風の音も同じだった。

さわさわと木の枝が揺れる。

「思い出さない？」

那留が手を伸ばし指先をくるりと回した。呼応するように花が震える。芳香が一際、濃くなる。濃くなる。桃色が広がる。

「桃の花って記憶の花なんだ。忘れていたものを思い出させる。忘れさせられていたものをよみがえらせる。そういう花なんだ」

那留の声が優しい。

美枝は思わず声の主を見上げていた。

この人はいったい……。

那留は桃の下に佇《たたず》んでいた。薄桃色の花弁が髪に、肩に、足元に散っている。そのまま、花色の中に溶け込んでしまいそうに見えた。

まさか、そんな。

「美枝さん、目を閉じて」

那留が優しい声のまま告げる。

「目を閉じて、思い出してみて」

言われた通り、ゆっくりと瞼《まぶた》を閉じてみる。

「美枝」

名を呼ばれた。同時に強く抱き締められる。

「嫌だ、嫌だ。この娘と別れとうない」

母だった。母が泣きながら美枝を抱き締めている。

「うちの命より大切な娘や。離しとうない」

「馬鹿なこと言うな。てなし子など産んで、恥を知れ」

「そうじゃ、そうじゃ。おまえのような女でも後添えにしてやるって奇特な人がおらっしゃるのじゃ。喜んで嫁いでいけ」

「嫌、嫌、嫌。美枝はうちの命や」

「この子のためでもあるんやで。あんたとおったら、一生、貧乏のどん底で生きなあかん。うちらが預かって、絶対、高校までは出してやるから。なっ、美枝のためなんや」

鮮やかに記憶がよみがえる。

母は泣きながら、桃畑の向こうに消えて行った。引き摺《ず》られ、美枝、美枝と手を振って。

「お母さん……」

では、わたしは捨てられたわけではなかったの。置き去りにされたわけではなかったの。お母さん、あなたはわたしを懸命に愛してくれたの。わたしは、愛された娘だったの。お母さん。

「美枝さん、桃は記憶の花。桃の下に立つと、心に埋もれていたことを全て思い出す。そういう花なんだ」

記憶の花。

この色がこの香りが全てをよみがえらせてくれる。

わたしは一人じゃなかったんだ。

お母さん。

嗚咽《おえつ》が込み上げてきた。地面にしゃがみこみ、声を上げて泣く。大人と呼ばれる年になって初めての号泣だ。

お母さん、ごめんなさい。忘れていてごめんなさい。あなたの愛を信じなくてごめんなさい。

「まだ間に合うよ。病院、ここから近いんでしょ。うん、間に合うよ、美枝さん」

美枝は指先で涙を拭《ふ》き、頷《うなず》いた。それから静かに息を整える。

顔を上げても、誰もいないかもしれない。

きっといないだろう。那留は消えて、もう二度とわたしの前に現れない。わたしに思い出させてくれたから。記憶を呼び戻してくれたから。だから、もう……。

「ほら、立って。急ごうよ」

腕を引っ張られる。細いけれど硬くて強い指の感触だ。指も声も、美枝を見詰めてくる眼差《まなざ》しも、現実のものだった。

「那留くん……いたんだ」

「うん？　いたって、何のこと？　おれ、ずっと美枝さんの傍にいたでしょ」

「そうだけど。もしかしたら消えてるかもって……思っちゃって」

「消える？　おれが？　どうして？　てか、桃畑のど真ん中でどうやって消えられるわけ？　忍者じゃあるまいし」

耳慣れた若者の、那留の口調だった。

「……桃の精だと思ったのよ」

「え？」

「那留くん、もしかしたら桃の精で、わたしをここまで導いてくれたんじゃないかって……。だから、ここで消えちゃうんじゃないかと思ったの」

口にすれば、あまりに現実離れした御伽噺《おとぎばなし》のように聞こえる。いや、実際、そうなのだ。三十過ぎた大人の口にする台詞《せりふ》ではない。でも、真実だ。那留を桃の精だと感じたのは、美枝の真実だ。

本当のことを伝えたかった。今は、何も誤魔化したくなかった。

でも、嗤《わら》われるだろうな。

那留は遠慮ない笑い声をあげるだろう。

頬が火照る。

「美枝さん」

那留が呼んだ。静かな、どことなく哀しげな響きがした。

「おれは捨てられました」

「は？」

「桃の木の下に捨てられてたそうです。赤ん坊のときに」

息を呑《の》み込む。そのまま、美枝は若者を見詰めていた。

「ここじゃないですよ。大学の近く、といってもバスで二時間ぐらいの距離になるけど、そこに小さな桃畑があるんです。今もありますよ。知ってた？」

「知らなかったわ」

「でしょうね。ほんと小さな畑だから。でも、花の盛りはきれいですよ。ここほどじゃないけど」

那留の視線が花盛りの木々と空を撫《な》でる。

「その畑の真ん中に籐《とう》製の籠《かご》に入れられて、紙オムツの袋と一緒に捨てられてたって。紙オムツ一枚一枚に名前が記されてあったんだそうですよ。〝那留〟ってね。じいちゃんが、そう言ってた」

「じいちゃん？」

「桃畑の持ち主で、おれを拾って、養子にして育ててくれた人です。ばあちゃんもいます。おれ、親戚《しんせき》のおばさんだか誰かに『あんたは桃の畑で拾われた子だよ』って教えられたんですよ。小学四年生だったな。ほら、いるでしょ。いろんなところに波風たてて喜んでる人。言った方はそれで済むかもしれないけど、言われた方はパニックですよね。おれ、じいちゃんとばあちゃんの孫で両親が亡くなって、それで戸籍上は息子として育てられたと信じてたから」

　小学四年生、まだ十歳。現実の重みを受け止めきれる年齢じゃない。

「そのとき、じいちゃんに桃畑に連れて行かれたんです。ちょうど、花が満開のころでした。そこで言われたんです。『桃は記憶の花だ。桃の花の下に立つと、埋もれていた記憶がよみがえってくるんだ』って」

「あ、その台詞……」

「そうなんです。さっきのじいちゃんの台詞をまんま借りちゃいました」

那留が肩を竦《すく》め、舌を出す。

「『おまえの母親がどんな事情で赤ん坊を手放したかわからん。けど、桃の花が守ってくれると信じてたんじゃないか』とも言われたんです。今、考えたら、無茶苦茶いいかげんな話で、筋なんかぜんぜん通ってないっすよね。ほんと笑えるぐらい、いいかげんで……でも、じいちゃんの手、すごく温かかったんです。温かい手がぎゅっとおれの手を握っててくれて。そしたら、胸の中がすうっと落ち着いてきて、静かになって、変わらないんだと思えたんです。おれもじいちゃんもばあちゃんも、桃畑も変わらずにいられるって思えて、ちょっと幸福感さえ覚えちゃいました。あのときの桃の花、ものすごくきれいだったです」

那留は美枝の手をそっと握り締めた。

温かだった。

「美枝さん、一度も聞いてくれなかったけど、おれ、大学で果実栽培を専攻してるんです。卒業したら農業試験場に勤めながら、じいちゃんの跡を継いで桃栽培をやっていきます」

「うん」

「なので、プロポーズしてもいいですか」

「那留くん、筋がぜんぜん通ってないよ。それに、わたしは十歳以上も年上よ」

「知ってます」

風が吹いて、桃の花弁が散る。一瞬だが花吹雪の向こうに、那留が隠れた。けれど、手はしっかりと握り合っている。

「病院、一緒に行ってくれる」

「もちろん」

「病室には一人で入るわ。母と二人で話がしたいの」

「病院の外で待ってます。待ちながら、じいちゃんに電話かけます。近いうちに帰るって」

風がさらに強くなる。

桃の花が散る。

散った花弁は春の空へと舞い上がり、淡く輝いた。

解説

近《こん》藤《どう》史《ふみ》恵《え》（作家）

その企画の話を聞いたのは、たぶん、２００７年の終わりだ。

『マラソン三都物語』というタイトルで、アシックスさんがウェブサイトを作って小説を掲載し、その後、文藝春秋さんが本にする。そこに、パリマラソンを舞台にした小説を書きませんか、という話だった。

当時のわたしは、ようやく『サクリファイス』で重版がかかり、少し話題になったりしたものの、その前まではほとんど初版止まりで、いつまで商業出版の世界で書き続けられるかと、不安でいっぱいだった。自分が注目されているなんて、一度も思ったことがなかった。

そんなわたしに、企業とのコラボ企画だと？

しかも参加するのが、あさのあつこさんと、三《み》浦《うら》しをんさんだと聞いて、こう尋ね返したのをはっきり覚えている。

「わたしでいいんですか？」

おふたりとも、人気も実力もある作家で、陸上を描いた著作だってある。わたしはといえば、スポーツ小説にはこれまで無縁で、自転車ロードレースの小説を一本書いただけだ。

本当に、わたしでいいのか？　そう思いつつ、それでもその企画に参加できることがうれしく、誇らしかった。おふたりと肩を並べるなんておこがましいけれど、少なくともがっかりされないものを書きたいと思った。

マラソンのことは全然くわしくなかったけれど、パリマラソンのことなら書けると思った。たまたまパリの街は好きで、何度も訪れている。しかもパリマラソンを、過去に二回現地で観戦していた。理由は単純で、パリマラソンの開催される四月の前半は、エアチケットが底値なのだ。そのときの記憶を頼りに、「金色の風」という小説を書いた。『シティ・マラソンズ』という本になっている。

今読み返してみると、マラソンより、パリへの偏愛の方が強い小説だけど、それでも自分でも気に入っている。

この本に収録されている「フィニッシュ・ゲートから」は、その企画で、東京マラソンを舞台に書かれたものだ。

東京も、わたしにとっては好きな街でありながら、少し遠い。コロナ禍でもっと遠くなってしまったし、憧《あこが》れと、そしてどこかよそよそしさを感じるところも、パリと同じだ。

最初の一ページを読んだとき、「ああ、これはわたしの心の中にある東京だ」と思った。桜が咲いていない時期も、東京という街は、どこか桜の気配をひそめている気がするのだ。

ソメイヨシノは、日本中で咲くし、毎年桜の季節に東京を訪れるわけでもないのに、わたしは東京に桜の幻を見る。

そして、才能と挫折《ざせつ》と苦い悔恨。趣味であろうと仕事であろうと、才能と努力が必要ななにかを続けたことのある人は、この小説に描かれた痛みに覚えがあるのではないだろうか。

常に記録を更新し、努力を長く続けられる人ならば悩むことも、後悔することもないのだろうけど、そんな人なんてごくわずかだ。

今、早く走れていることこそが才能なのか、それとも続けられることこそが才能なのか。たぶん、それは本人にも、身近な人たちにもわからず、短い期間で答えが出るような問題でもないのだろう。

湊も悠斗も元はアスリートで、アスリートの人生は普通の人よりも早く答えが出る。それでも、引退して、表舞台から遠のいても、彼らの人生は続いていき、彼らの才能もどこかで昔、思っていたのと違う花を咲かせる。

はじめて読んでから、十年以上経って読み返してみると、また昔とは違うほろ苦さを感じた。

それと同時に、あのとき、この企画に関われて、あさのさん、三浦さんとご一緒できたことが、自分にとって小説家という仕事に前向きになれる、大きなきっかけだったのだと、あらためて思った。

今回『明日へつながる5つの物語』を通して読んでみて、気づいた。

あさのさんの小説は、どれも自分のことが描かれているような気がする。時代小説だとか、ＳＦだとか、自分とは無関係な中年男性の話でも、「ああ、この感情には覚えがある」と感じる。

それはあさのさんが、野の花をそっと摘むように、誰の心にもある柔らかな部分をすくいあげて描いているからなのだろう。

「この手に抱きしめて」のような、驚くようなことが起こらず、どちらかというと平凡な人の話でも、ページをめくる手は止まらないし、引き込まれてしまう。たぶん、あさのさんが、長年児童文学を書き続けていることと、無関係ではないはずだ。

驚かせるわけでも、蘊蓄《うんちく》や衒学《げんがく》を高く積み上げるのでもなく、そっと目線を合わせるように描写をする。物語の中では特別な出来事でも、それをどこか普遍につながるように描く。

物語と読者の間に橋を架けるように。

思い入れのある「フィニッシュ・ゲートから」を別にすると、この短編集の中で、わたしは「烏城の空」が好きだ。大阪の慣れ親しんだ空気と、岡山のあの青く晴れた空が入り交じり、歴史の中の出来事なのに、とても身近に感じる。

ああ、でも「カレシの卒業」の愛莉ちゃんも健気《けなげ》で、正直で、それでいて意地っ張りで可愛いし、「桃の花は」には、切なさと同時にときめきも感じるし……。

先の見えない時代だからこそ、こんなふうにそっと寄り添ってくれる物語が、誰かの灯火《ともしび》になるのではないだろうか。

初出

「この手に抱きしめて」（ＴＶＣＭ「僕は、アステラスのくすり。」連動小説・アステラス製薬／２０１４年１月）

「烏城の空」（『岡山藩物語　吉備の風に吹かれて』岡山市／２０１７年11月）

「カレシの卒業」（『旅立ち。卒業、十の話』ダ・ヴィンチブックス文庫アンソロジーシリーズ／メディアファクトリー／２００８年２月）

「フィニッシュ・ゲートから」（『シティ・マラソンズ』文春文庫／２０１３年３月）

「桃の花は」（『桃の花は』ほっと文庫／バンダイ／２０１１年10月）

本書は文庫オリジナルです。収録にあたり、一部加筆修正しました。

明《あ》日《す》へつながる5つの物《もの》語《がたり》

あさのあつこ

令和3年 10月25日　初版発行
令和6年 11月25日　7版発行

発行者●山下直久

発行●株式会社KADOKAWA
〒102-8177　東京都千代田区富士見2-13-3
電話　0570-002-301(ナビダイヤル)

角川文庫 22862

印刷所●株式会社KADOKAWA
製本所●株式会社KADOKAWA

表紙画●和田三造

●お問い合わせ
https://www.kadokawa.co.jp/（「お問い合わせ」へお進みください）
※内容によっては、お答えできない場合があります。
※サポートは日本国内のみとさせていただきます。
※Japanese text only

ISBN 978-4-04-110970-0　C0193